S P R I N G

每一本好書都是一顆種子，
春天播種在你的心田夢土上。

Spring

S P R I N G

每一本好書都是一顆種子，
春天播種在你的心田夢土上。

Spring

S P R I N G

每一本好書都是一顆種子，
春天播種在你的心田夢土上。

Spring

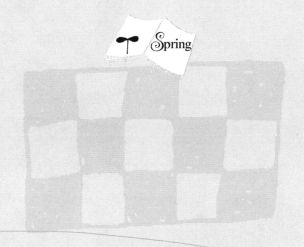

S P R I N G

每一本好書都是一顆種子，
春天播種在你的心田夢土上。

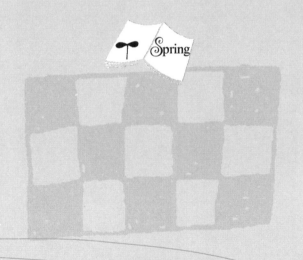

新版序

當被告知罹患血癌的那一刻，是那麼的深刻。

記得那天我獨自一人面對著醫生，紅著眼睛，騎著腳踏車，回到家時還覺得自己很勇敢。誰知先生在家裡早已淚流滿面，見到我，幾乎要癱下，我再也忍不住了，就在藥局裡痛哭。

還不夠，我直衝臥房，一間間看，一間間哭，甚至坐在四樓大乒乓桌上大叫又大哭，是汗是淚，早已分不清。

當晚我是那麼狠心地把一個不停流淚的大男生擺在家裡，去了金石堂，一口氣買了有關血液的四本書，這不是我平常的作風，但也許那時的內心深處早已開始準備作戰了。當時婆婆恰巧回娘家，三個孩子都在台北求學，我們多麼無助。

住進彰基血液腫瘤科接受治療，再回家已是四十天後的事。在隔離病房發燒、昏倒、咳血，三個孩子虔誠向菩薩求助，為我寫心經、念心經，每人願為我折壽六年，先生則說要折壽予我十年，我欣然接受家人對我的愛。真的，我太需要這些年，我有很多事都還沒有做，我一直以來以為自己是無敵鐵金剛，不會那麼早走。

活在愛的鼓勵中，化療一次比一次順利，目前我尊重主治醫師王全正的安排，每個月回彰基抽血追蹤，注意預防感冒，我去游泳池運動、自己練氣功，像以前一樣一週去市場兩次，做些自己認為對健康有幫助的食物，吃得開心。也去了日本跟大陸玩，穿著九把刀讀者鎖兒送的鞋子，我欣慰極了。

刀媽和主治醫生王全正。

重生的感覺，每天環繞在我的日子裡。在藥局我特別把老二九把刀的書公開陳列，與鄰居朋友們分享，我的日子充實又開心。再不久就是大媳婦的產期，新生命為我帶來新希望，我們已為寶寶Umi準備好新房間，開始添購好多的新東西，未來我們家一定好熱鬧。

好開心。

刀媽

momkiss

2004.11.22

現在陪在媽媽身邊，時間二〇〇四年十一月二十二日，晚上八點四十四分。輪到我跟爸。

今天是媽住院的第一個晚上，病因是急性脊髓性白血病。

中午檢查報告出爐時，醫生大踏步走到病床前，對著正坐在我媽腳邊的我宣佈這個噩耗。當時我正捧著便當，嘴裡都是豆芽菜跟燒肉，盤著腿坐在病床上展現我的好食慾給媽看。

醫生說出病因的那瞬間，我發現病房只有媽、我、弟弟，我頓時成了最高指揮，但我無法承受。

「等一下，我叫我哥過來聽！」我匆匆放下便當，衝出病房找哥。

媽病倒後，哥便是家裡的支柱，無數親戚都經由哥關心病情。多虧他大學念的是藥學系，碩士念的是生藥，博士則攻讀癌症治療。更多虧他就是一個哥哥該有的樣子。

好不容易找到了哥，冷靜告訴他我們原先祈禱的「僅僅是嚴重貧血、積勞成疾」的天真想法終告幻滅，然後在大廳攔住醫生，詢問接下來我們該怎麼做。

醫生姓王，人很好，什麼都不直說。於是我的腦袋盤旋著Google搜尋引擎與一個醫生朋友，以及一個前幾年母親因同樣病症過世的老友。

醫生說完轉身，我的腦子一面空白。哥一把抓住我的肩膀，用一個我從沒見過的表情一震，說：「怎麼辦！」

怎麼辦?當時我們都還沒從震驚裡回魂，眼淚還縮著，心中浮起幾支該打的電話。

爸、外公、舅媽、二姑、三姑、三叔、小舅……

回到病房，哥倒是老實跟我媽說明了病情，畢竟媽媽年輕時是護理人員，什麼都騙不了她，今早還在等候位上翻著剛買的臨床醫學診斷分析，精明得很。

三個兄弟看著媽。

「通通都不可以哭。」媽說。

我蜷在媽的膝蓋上，偷偷摳掉眼淚。

「當然不可以哭，現在發現得早，絕對可以撐過去。」哥鼓舞大家，弟附和。

說是發現得早，或許是真的。媽在四月分因為身體不舒服，自行到檢驗所抽血檢查，關於血液的各項數據並沒有透露什麼，直到上禮拜。

「媽，妳是我們最重要的人，真的不能沒有妳。」我握緊媽的手：「在網路上我是公認最臭屁的小說家，自信大得亂七八糟，所以妳一定也要有自信可以撐過化療。」

「知道了啦，那個是遺傳。」媽勉力笑道。

之後，每個人都輪流到醫院外的電視區偷哭，然後分配接下來的工作。

身為一個自由作家跟延畢碩士生，我決定從板橋租屋處搬回彰化，黏在媽媽身邊寫小說。哥則緩下研究室的步調，用一台十二年老車瘋狂來回台北與彰化。老三是最忙的研二，只能囑咐他排除所有不必要的外務，多回彰化陪媽。

因為是媽媽。家裡最重要的人。

大家彈掉眼淚，振奮精神，回到病床旁跟媽談笑。說是談笑，其實媽的氣色很虛弱，只是想讓大家放心。勸了幾句，媽開始嘗試閉眼睡覺。

然後我未來的大嫂來了，眼睛也是通紅。

趁著哥跟弟跟未來大嫂坐鎮，我決定坐計程車回家補牙，然後將快要長成大菌菇的頭髮剪乾淨。

說也奇怪，昨天下午我在用牙線掏牙縫時，不知為何右大門牙後邊崩落了一塊，那是以前鑲瓷填上去的，牙線掏著掏著，就掉了。掉了當然不能用，因為缺口邊緣有新的蛀牙，要鑿掉更大的部分再補上新的。

躺在牙醫診所舒服的床上，算是偷了點閒，喘口氣。

在差點睡著的當口，腦中靈光一現，想起以前曾看過的命理節目說過，如果在夢中門牙掉落，現實世界裡父母便會有嚴重的病痛。正是昨天的狀況。而節目也提到，這是可以補救的。

我心下釋然，好險我決定及時補牙好多吃點東西養體力，以便照顧媽。按照命理法則，媽絕對可以康復。

補完了牙，去了理髮店。

一坐下，在小姐舒服的按摩下將眼睛閉上，開始回想關於媽的一切。

媽喜歡紫色，卻很少真的買紫色的東西。

媽喜歡夢想買新房子。這個夢想我們在上個禮拜剛剛實現，用力向銀行貸了近乎全額的屋款，即將在下個禮拜我媽生日當天搬進去。

媽喜歡我們喜歡的東西。包括狗，包括女孩子。

對於愛情，我不是家裡最早熟的，但對於把愛情掛在嘴邊，我應該是獨一無二。

家裡的浴室與廚房只隔了道垂布，有幸來過我們家洗澡的朋友都覺得很不自在，覺得隱私會隨沖澡聲洩漏出去。但就因為如此，我們三個兄弟從小就很喜歡隔著這塊布，一邊洗澡，一邊跟正在煮菜的媽說話。

時間大部分是放學，剛好瞎說些學校的雜事，媽的鐵耙子翻炒熱菜的畢剝叭響聲與我們的沖澡聲混在一塊，但絲毫不會打擾母子間的對話。熱水蒸氣從簾布下不斷冒出，我想這是媽一天最開心的時候。

我很喜歡在洗澡時跟媽說「我決定將來娶誰當老婆」或是「我好像快把誰誰誰追到手」這類的話。從國小到大學，我信誓旦旦中的女主角換個不停，但那塊簾布只換過一次。

「你這個年紀不要想太多！把書念好就對了啦！」媽總是這麼回應，但從來沒在語氣中表露她的認真。

偶爾居然吵了起來，我頭頂毛巾、氣呼呼拋下一句「吼！以後不跟妳講了啦！」走出浴室，就會看見媽在端菜上桌時偷偷掉眼淚，每每歉疚到想叫媽賞我幾巴掌。

也許媽很喜歡兒子對愛情的嚮往，更可能是單純沉浸在與兒子的日常對話裡。

想著想著，我想替我媽寫些東西。

或者，替我們家留下共同的美好記憶。

這段記憶該起什麼名字好呢？坐在理髮店裡的我幾乎立刻看見媽小小的身軀牽著腳踏車，靦腆地回頭看我的畫面。

鏡子前的我，根本不敢張開眼睛。

媽，妳一定要好起來。

晚上九點半。

爸走了，待會要換洗完澡的弟弟過來。病房只剩下我一個人陪媽。

「呵呵，妳現在應該最緊張了。」我打開iBook，靠著牆，坐在伴床上。

「為什麼？」媽好奇道。

「因為剩下的是最沒用的一個兒子。」我自嘲。在日常生活上我各方面都很邋遢，這是事實。

「不會啦，你有時候非常細心。」媽說的時候，大概發現我偷偷用iBook蓋子擋住眼淚，說著說著將頭別了過去。

所以我一點都不細心。

我敲著這故事，一邊跟媽聊我在網路上抓到的一狗票關於白血病的資訊。

「媽，我發現急性比慢性的還好治療耶，又幸好不是淋巴性而是脊髓性，第一年的存活率有六十%，妳一定可以撐過去。」我提醒媽。

「我會啦。」媽說，一隻手靠放在額頭上，像是遮擋多餘的日光燈。這是媽的招牌動作，我總覺得這個姿勢引隱含著痛苦的成分。

然後我跟媽說我補牙的事，關於命理節目那段記憶，我提醒她那是我們一起看的，當時的主持人還是況明潔。

「所以我說真的，我做了補救，所以一定會好起來。媽我再說一次，妳是我們家最重要的人，我們生命的意義都是為了妳。」我說。

「知道了啦。」媽的眼睛閉了起來。

雖然我家跟大多數傳統家庭一樣，並不習慣把愛掛在嘴邊，但有些時刻的感動並不能通過心靈交會達到。我不懂為什麼要白白錯過這些感動。

媽躺在床上，不時注意血漿滴落的速度。她正在展現專業的護理判斷，然後喚來護士。果不其然，血漿快用罄了。

我看著身子小小的媽，她又漸漸睡了。

幾個小時前，弟弟說了一句很混蛋的話：「媽，妳這輩子都沒睡過一次好覺，就趁

momkiss

現在好好休息吧。」不知怎地，當時很想叫他閉嘴，雖然這是個很辛酸的事實。

我看著媽睡著，輕輕勾著媽插上軟管與貼滿膠布的手。媽睡覺的姿勢歪七扭八，並將這一點毫不保留地遺傳給我。

突然皺起眉頭，媽的手指掏了耳朵幾下，然後繼續未完的、不安穩的眠。

媽喜歡掏我們的耳朵，卻不讓我們掏回去。說到底也是正常，畢竟媽掏耳朵的功力神乎其技，我還親眼看過一個鄰居跑過來請她幫忙，結果掏出一塊黑沉沉的巨大耳屎，對方再三道謝離去。

我的耳屎是三兄弟裡最多的，有個成語叫「層出不窮」當很應景，但論記錄則是哥首次被爸逼「站著洗頭」後第二天早上自然掉出來的巨屎。

媽掏耳朵時習慣問問題，我們則被迫咿咿啞啞地模糊回答，每挖出一小片，媽都會刮在我們的手臂上，有時還會將超大的耳屎用巴掌大的塑膠套裝好，交給我留作紀念或到處炫耀。但幾乎都沒真的留下，有幾個被我以前養的魚給吃了。

近兩年我才開始想辦法幫媽掏耳朵，但技術遠遠及不上媽，媽又對我粗糙的手法心存畏懼，常常喊痛作罷，並堅持剛剛的攻堅並沒有像我口中說的：「媽，那個真的很外面耶！」

我以前無聊時胡思亂想，要是媽媽老的時候眼睛看不清楚了，我的耳朵該給誰掏？有時我自己拿著耳耙試探性摳摳，卻總是不得要領。光這一個小細節，媽便是無可取代的。

弟來了，我交棒。

今天他睡醫院陪媽，明天他回台北，換最糟糕的我上陣。

而明天，是媽第一次化療。

我很怕痛，這點也是遺傳。我很恐慌明天只剩下我一個人的慘況。

甫抵台北的哥剛打電話給我，說他恨不得有好幾個兄弟可以一起幫助照顧媽，我腦袋想的，卻是電影《靈異象限The Symbol》裡的預知設定。上天每一個安排都是有道理的。

「我一直在想，也許媽生三個兒子是有用意的。三個也很好。」我說。

「我知道。」哥說，結束了對話。

2004.11.23

我碩士班念的是社會學，第一篇小說《恐懼炸彈》也隱含著社會學的意義，這是當初該系列的寫作目的。恐懼炸彈這故事說的是符號之於世界運行的重要，所以我安排一個大學生早上醒來發現自己身處一個語意不明的世界，耳朵聽到的全是亂七八糟的噪音，文字全部變成扭曲的雜塊，招牌、書本、貨幣、電視，全是錯亂的影像。然後大學生瀕臨自我分裂的瘋狂。

會這麼架設故事的時空條件，是因為我認為想獲悉某個東西的重要性，最快方法莫過於「抽掉它」，讓它不存在。一個東西若不存在了，就會發覺這個世界運行的軌道漸漸偏離，或是嚴重失衡，經由一種茫然錯漏去體會那東西之於自身存在的重要意義。

如果上天讓媽罹患重症的目的在此，我只能說，未免也太多此一舉。

媽的重要，根本不需要任何輔助的證明。

現在是下午兩點三十五分，媽進醫院第二天。

上午我來接替弟弟，帶來媽擦澡用的水桶跟小佛像。許多親戚都來了，三叔、三姑、三姨夫婦、哥未來的岳丈夫婦等等。我想這是很普遍的看病高潮。一旦等媽化療後白血球數目遽減，免疫系統變弱時，到時就要開始下逐客令保護媽媽了。

我看著媽一直跟親戚講解自己的病情，再三強調自己的心理準備，逐一安慰來訪的親人。媽很堅強，我暗自祈禱自己身上軟弱的基因是「為了成為情感豐沛的作家」產生的必要突變。

親戚潮來潮去，現在又只剩我一個人。

下午媽接到爸的電話，又開始指點爸家中物品擺設的地點，還有一些藥品在架上的位置，鉅細靡遺的用字，可以輕易想像爸在電話那頭找得茫然的表情。

爸是個很依賴媽的男人。所以爸不會煮飯洗碗，不會洗衣燙衣，不會清理打掃，半夜腰痠背痛時要媽搥打按摩，睡前常開口要吃宵夜。標準的、上一代的幸福台灣男人。我們家沒有錢，一屁股債扛了二十多年總還不完，但爸過得很好，因為有媽為家裡打點勉強收支平衡的帳，去年甚至買了台新休旅車。

「你晚上飯前飯後的藥吃了沒……薑母茶粉就放在我們泡咖啡的那個玻璃櫃裡後面一點……那個電話我抄在……」媽在病床上，還是遙遙監控爸的生活。

除了在生活上，爸對媽的依賴還有藥局的生意。

家裡開的是藥局，媽幫忙打點藥局生意的程度遠超過一般人的想像。媽很用功，常看見她抱著一本超級厚重的藥品全書翻查資料，靠著以前當護士的專業知識不斷補充最新的藥品用途，還會叫我去網路幫她找幾個關鍵字是什麼意思。即使年紀大了，戴上老

momkiss

花眼鏡，還是一如往常。

所以儘管許多客人、鄰居、親戚，身體一出了毛病，都很喜歡找媽詢問該怎麼辦、該去哪間醫院。媽儼然是社區最受推崇的大咖，藥局也成為附近人家的資訊轉運站，各種無聊的八卦都自動找上門來。

「媽，我敢說妳如果出來選里長，一定可以選上！」我曾提過。

「對啦對啦。」媽沒當一回事。對她來說，把家顧好是唯一重要。

護士拿來許多關於化學治療的宣傳小冊，裡頭是化療後的副作用如嘔吐、暈眩、掉髮、掉齒等，以及如果化學藥劑滲出血管等「很合乎邏輯」的疏失。總之內容充滿恐嚇。

媽坐了起來，跟我一起看這些恫嚇性文宣，我看到裡頭提到喝檸檬水或含薑片，有助於排解接下來的嘔吐感，媽於是主動打電話叫爸晚點送來。

「不要怕啦。」媽很在意我很害怕，因為我什麼情緒都無法藏住。

「可是我真的很怕痛，一想到妳做化療的時候只有我在這裡，我就很慌。」我坦承，不斷揉著媽的腳掌。

然後媽反過來不斷開導我，我真不愧是最差勁的看護。

直到哥哥的電話打過來，說他下午到工研院面試完就會回彰化，我才勉強鬆了一口氣。哥嘛，就是很可靠。

在想像裡，癌症病人接受化療後吐得一塌糊塗、痛得呼天搶地的畫面，我是無法獨自承受的。又很希望電視都在唬爛人。

護士過來為媽打了鎮定劑跟防暈劑，然後設定機器，開始注入二十四小時的化學藥劑，明天或後天可能要在媽的鎖骨附近埋一條人工血管，方便日後施放藥劑。

護士與媽討論著這條人工血管的必要性，而媽以非常愉快跟堅定的語氣說：「沒關係，只要對我的病情有幫助，我都會很盡力配合，因為我已經決定要奮戰了。」真棒。

然後媽又開始說我們三兄弟的事。一貫的，從哥念博士，今天要去工研院面試國防役炫耀起，然後是我，強調我雖然很不可靠，可是很會寫小說（好謎的關聯性啊），最後是弟弟，正在師大念研究所，明年會回來彰安國中實習。然後強調三個兒子都快要論文口試、都要畢業了。

「所以我一定要好起來。」媽很輕鬆地說。

是啊，我就說我爆炸性的自信其來有自。

鎮定劑發揮效果，媽開始覺得有些朦朧。我說我已經在網路上同步貼出關於媽的故事，媽好奇地問了幾句，我說大家都覺得很感人，我有機會輪回家就將稿子印出來給她看。

媽漸漸睡著，嘴巴微微打開。

我用沾溼了的棉花棒潤澤媽的嘴唇，頗有感觸。

小時候生病發燒，什麼東西吃進嘴裡都狂吐，媽會偷偷在家裡幫我們打點滴，因為喝太多水會反胃，我們嘴唇乾裂，媽會拿棉花棒沾溼，放在嘴裡讓我們吸吮，然後抹抹嘴唇。一直到前年我因為疝氣開刀住院，媽還是將棉花棒沾溼溫開水，放進我的嘴巴裡。

但我一直到昨天深夜，才猛然想起我們並沒有帶棉花棒去醫院。早上出門前我才問奶奶拿了包棉花棒。

媽最細心。

又或者，媽的愛總是最多。

哥快來了。

我們常常在南往北返的車上聊媽。

一直以來我們都很慶幸沒讓媽失望，我們很清楚身為媽的驕傲，身上一定要有各自的光芒。哥說我的成就來得最早，媽總是很開心跟別人說我出過書，據說在網路上很紅，每次去書局買醫療相關的書籍，都會像糾察隊檢查我的書有沒有放在架上。

我總是期待將來有什麼大眾文學獎等我去搶，站在台上發表講演時好好謝謝我媽。

媽常說，我的文學細胞來自於爸，然後提起爸以前寫給她的情書。這樣說也沒錯，小時候每週末日記本上的作文功課，三兄弟總得乖乖擬上一分草稿交給爸批閱，反覆修改後才准謄在日記上。如果爸很忙，圈改的句子少些，我們就爽得一塌糊塗。

但再三修改後的句子，就算湊一千句也組不出一篇好文章。

小學四年級末的暑假，媽突然興起讓我們兄弟去國語日報社學作文的念頭，於是牽著腳踏車，帶我們到國語日報社報名作文班。

在國語日報那裡，每次都得完成一篇文章才能離開，並沒有誰改完了才能作數的情況，所以我盡情地寫，認真地寫，寫出了極興趣。不能不認真，不能不盡興，因為媽媽幾乎是榨盡每一分力，想辦法讓我們才華洋溢。

但在當時我是挺錯愕的，雖然小小年紀，卻已模糊知道家裡的債務狀況。媽努力湊錢讓我們三兄弟都能補習英文，現在又多了作文，讓我感到錯愕又內疚。每次老師將牛皮紙袋遞上要我拿回家裝學費，上面的數字都讓我很心虛。

一想到媽絕不在教育費用上皺眉頭，我的鼻子就會酸到出水。

國小四年級初，在「丁老師美語」上課的三個年頭中，媽會買空白錄音帶讓我們去錄，好回家複習。有時媽會閒閒跟著我們聽，如果被她聽到我們在上課時吵鬧或亂開玩笑，媽的臉色便會一沉，逼著我們下次上課時乖乖跟老師認錯道歉，還會打電話親自跟老師確認。我想這多少對一個人的搞笑才能有所壓抑，但有哪個父母會希望孩子應該學英文時鍛鍊搞笑功力？

回到作文課。離題再恬不知恥地回防，是我的拿手好戲。

我很清楚在爸的嚴格調教下，我的文章在同儕中出類拔萃，只是學校的學科成績普通，遇到作文比賽時老師老是叫前三名的「好學生」擔綱重任，我沒有機會也沒有特別的動機證明自己除了會畫圖外的第二專長。

在國語日報社學寫作，其實沒印象學到什麼，只是卯起來寫。每次發回的卷子都很高分，評語也好，所以老師推薦我去考作文資優班。我資不資優不知道，但就這麼有模有樣考進去，整整又上了兩年所謂的資優作文課。

上了國中後，我不只會寫，還多了鬼扯式的幽默，每次亂寫的週記都在班上傳閱。只要作文課的題目訂得有點鬆散，我就開始借題寫小說。上了高中，週記胡說八道的程度徹底脫離常軌，已傳到隔壁班輪閱，到了禮拜五才會回到我手中。然後我當了六年的學藝股長，整整幹了六次國一到高三的教室佈置。他媽的。

雖然偶有埋怨，但媽很適應我「搞笑／大而化之」的個性，常常在親戚面前把我糊塗丟東掉西的個性搬來搬去。對於我後來立志專職寫小說這件事，她也給予近乎豪賭的尊重，並沒有一直用世俗的職業觀貶抑我、逆向激勵我，或是過度擔心。雖然我的個性充滿太多的破綻。

兩年前我第一次投稿小說就得了彰化

縣磺溪文學獎，次年再得一次。媽超高興，認真地將小說看了一遍。媽總是這樣，不管我寫了多奇怪的題材，她都會戴起老花眼鏡，若有所思地慢慢翻著，用很辛苦的速度。

「我最喜歡《等一個人咖啡》，因為裡面的主角講話根本就是田田你嘛！」媽說過。那個故事是媽最快看完的，也最喜歡。

「等一個人咖啡的主角……是女生耶。」我愕然。

但想想也是。只有媽媽跟我說過這樣的評語，在所有的人都沒有發現的時候。

「媽，我永遠都不會忘記妳送我進國語日報那天，妳戴著帽子、牽著腳踏車的樣子。」我說，不只說了一遍。

每次一本實體書出版，每得一個獎，我都會再說一遍。

什麼導演來找我寫劇本，什麼製片來找我合作，大陸眾多出版社來邀書，小說人物要做公仔，受邀到哪裡去演講等等，我都會用超臭屁的表情跟媽說，然後欣賞媽替我高興的樣子。

因為媽是世界上唯一一個，不會對我的熱血成就感到羨慕或嫉妒的人。我想讓媽深刻知道兒子與她之間的美好聯繫。

一個作家的三元素：情感、靈感，與動力。

我的生命裡，媽媽對我灌注的愛，三者兼具。

現在是晚上十一點二十四分，化療的Ara-C劑量還剩321。媽交代我鉅細靡遺記錄下各個時間點的藥劑餘量與她的身體狀況，好幫助醫生判斷。

家人都很擔心媽不日後移到隔離病房免得遭到感染時，將獨自忍受的寂寞。哥跟爸很捨不得媽，我則非常的慌。

「媽，我先把話說在前頭。我是家裡最脆弱的一個，所以妳一定要堅強，好好鼓勵我。」我錯亂說道：「我最擔心的不是妳待在隔離病房會很孤單，而是我看不到媽會很寂寞。」

媽又睡了。還是很奇怪的姿勢。沒有人學得起來。

除了我。

momkiss

2004.11.24

現在是凌晨五點三十八分。

一個小時前，我正做著關於監獄格鬥技的熱血夢（誰會做這種夢？），房間照明燈忽然大亮，媽跟我被一連串護士急促的說話聲給吵起，然後是讓我心神不寧的啪啪搭響聲。

我原以為是天亮了，預計今天要出院的隔床病人終要離開，仔細一聽卻是緊急急救聲，伴隨著病人家屬的詢問。但是跟電視裡看到不一樣的是，護士們並沒有相互報告什麼數據，而病人家屬的詢問也不焦切，取而代之的是茫然跟呆滯。

聽聲音，是斜角的病人。

我起身坐在伴床上，一邊揉著媽的手，一邊拿起藥師佛照，念起藥師咒。

藥師咒是我們家每個人琅琅上口的咒語，小時候生病躺在床上，媽媽總會帶領我們闔眼念咒，然後跟佛菩薩講話。有時藥粉太難吃也念，打針也念，一次吞太多藥丸也念；彷佛念了咒，那瞬間的痛苦就會消失似的。

我反覆念著咒語，逐漸讓自己心中的害怕稀釋在每次呼吸間。聽清楚了護士在叫嚷些什麼，我爬上媽的床。

「媽妳別想太多，護士說是腫瘤壓迫到大動脈，然後什麼什麼的才會大量出血。這個妳比我清楚，不用騙妳妳也知道我們的病不會有這樣的情況，我們的狀況就是一場血液成分的比例、跟防止感染的作戰。這不一樣，這不會發生。」我擔心媽的情緒，不斷地強調。

然後那串讓我心神不寧的啪啪搭響終於停住，所有多餘的聲音都消失了。

「今天還聽他說做了什麼檢查哩。」媽感嘆，然後雙手合十念佛禱祝。

「媽，真的別想太多。我背過那麼多經跟咒，唯一不用複習就記得清清楚楚的，就只有藥師咒了。我一直相信這世界上沒有巧合，所有一切都是齒輪彼此咬著，我只會念藥師咒，一定有它的原因。」我信誓旦旦。這是我的人生信仰，如同小說《打噴嚏》最後三十六個畫面。

斜角的病人終於被推了出去。每個人離開這世界的方式有很多種，醫院只是其中一個。

媽仍有點驚魂未定，畢竟衝擊來得突然。

我亂捏著媽的腳，說著這幾天原本接了某導演的劇本構思，卻因為這場驟變給忘了，一直到晚上鄺導打電話跟我談別的事我才能想起。很自然地介紹起某導跟這次劇本構思我無能為力的原因，然後補充了作品改拍的事。

「妳閉著眼睛聽就好了，反正妳只要用聽的，就可以知道我的表情啊。」我笑。

媽當然同意，乖乖閉上眼睛。

「如果妳覺得有發燒一定要說喔，妳的感覺一定比護士量體溫來得快。白血球數目快速減少一定會發燒，很正常，不可以因為發燒不好就不說。妳一發燒，我們就立刻提高隔離的層次。」我提醒，雖說過了好幾遍。

媽點點頭，還問爸跟奶奶晚上過來探望時有沒有帶幾盒口罩，顯然已經專業地冷靜下來。

肚子餓了，記錄下化學藥劑殘量，181。開了罐蜜豆奶，寫下這段很小說的現實。

早上回到家，換哥哥在醫院陪媽。

為了避免細菌感染，我換上專門跟Puma玩的衣褲，抱著牠舒服地在床上補眠。我很需要Puma。而Puma依稀知道媽生了病，乖了不少。

睡了兩個小時，我將幾件瑣碎的事逐一完成，包括轉寄網友們寫給阿拓父母的信，買明天上台北的火車票等。然後決定晚上還是我去陪媽，讓哥多些時間休息。

洗了澡，換上去醫院陪伴的衣服，Puma叫了幾聲討抱，我用眼神解釋了幾句，Puma懂了，於是縮到椅子下睡覺。

想寫些什麼，卻寫不下約好明年要開始連載的獵命師。我想我還得讓腦袋緩衝幾天，才能讓腦袋可以裝下虛幻的熱血敘事。

毛打電話來關心，囑咐我要勇敢。

前幾個禮拜毛跟我又經過不少風雨，但她很了解媽對我的重要。

「我覺得我現在寫的東西不是疾病文學，是陪伴文學。我覺得我在寫我媽媽的故事時，情緒獲得紓解，勇氣也不知不覺生了出來。」我說，意識到其實是媽陪伴著我。

想起了週大觀。人在進行創造活動時會帶給自己力量，也會帶給旁人力量。至少我是這麼期許自己的作品。陪伴在媽身邊寫些這個家的回憶，除了排遣我的愁緒跟不斷壓抑的、對媽的心疼，我更希望這分彼此陪伴的回憶能帶給媽力量。

對一個完全以這個家庭為重的媽來說，這分陪伴書寫能讓媽知曉她在我們每個人心中的「意義」，而不是一個模糊的、形而上的「重要」。

然後我想，應該解釋我一直提到的，我媽的腳踏車。

mom,kiss

媽不會騎機車，不會開車，只會騎學生時代學會的腳踏車。而媽的個子小小的，只有一四五公分，要煞車時一定得輕輕跳下，在路上十分好辨認。

「媽，打勾勾，如果我考上國立大學妳就要學騎機車。」弟弟是家裡最後一個考大學的兒子，成績不上不下，使他跟媽的約定包羅萬象，有騎機車、下象棋、玩撲克牌、打麻將等等。

後來弟弟突破實力考上了師大工教，媽也真的嘗試學騎機車。但就在第一天練車的深夜，媽在家門口前的小街道上努力駕馭鐵金剛似的名流100，一個煞車不及，慢慢地撞上一台計程車。媽只受了點輕傷，但從此不敢再學。

所以媽還是騎著她的腳踏車。

記憶中媽的腳踏車從未新過，媽沒坐在椅墊上的時間比真正踏輪子的時間要長。國小時，如果爸偷懶，媽就牽腳踏車送我們兄弟走路去上學。其實我們家離民生國小並不遠，只有一公里左右，但媽就是不放心，尤其當時的「陸正綁架案」震驚了每個台灣母親。

輪流坐在媽牽的腳踏車上，我們慢慢經過彰化最有名的兩間肉圓店，穿過一條專賣過時衣服的成衣街與車站附近的小吃市集，走著走著，看見牛肉麵店左轉，然後小心翼翼穿過大馬路，進入靠近學校的兩條小巷。書包在媽的腳踏車籃子裡晃著，此時我的心會開始扭捏。

那個時期的小孩子多半都很畏懼「在同學面前丟臉」，讓父母接送上下學意味著自己被溺愛、不夠成熟。跟媽越靠近學校，我就越怕被同學看見，簡直是提心吊膽，於是一定不會在靠近學校時還坐在腳踏車上。儘管彆扭，但我很清楚媽的愛，所以從沒像同儕用大吼大叫斥退父母的溫馨接送，只是羞得將拳頭捏緊。

矛盾的是，媽送我們到校門口時，我們會很自然地朝媽的臉頰親一個。

「媽媽再見。」我們親親道別。

「要乖啊，不要再讓老師寫連絡簿！」媽說第二句話的時候，幾乎都是針對我。我的國小就是在不斷被老師寫連絡簿的恐懼中幹他媽的度過。

民生國小有三個門。每個兄弟因為各差了兩歲，所以離開媽的地點也不同。記得我剛上五年級不久，哥已上國中，弟又先進學校另一個門。那關鍵的一天，媽獨自送我到正門口時，囑咐我幾句就轉身牽腳踏車要走。

「媽，還沒親？」我愕然，有點不知所措。

「長大了啦，不用親，快進去。」媽說，有點靦腆。

我眼眶驟然一紅，淚水噙滿了視線，幾乎要哭出來地走進學校。

忽然，媽叫住了我，我淚眼汪汪地朝媽踱步。

「好啦，過來。」媽說，終讓我在她的臉頰上啄了兩下。

後來那兩個吻成為媽不斷向親戚說嘴的經典畫面，也是我記憶中最動人的一刻。

之後哥哥上了高中，將掛有籃子的水藍色淑女車除役後，媽就接手，往後又在上面搖搖晃晃十多年。籃子經常裝滿了菜跟日常用品，有時重得不可思議。

但我們一個個都比媽媽高、重，再也不會坐在腳踏車上頭，讓媽慢慢牽著了。

那些溫馨接送的日常畫面雖然不曾留下照片，但我說過，這世界上沒有巧合，所有的事物都像齒輪般緊緊咬合，都有存在的重要理由。我對關於媽的記憶特別鮮明，必是為了保存那些動人的時刻。

十點藥局打烊，爸來了。

爸見到媽很開心，然後一愣一愣請教媽許多東西的存放位置，露出依戀的表情。

momkiss

「真想把妳抱回家，實際操作一下。」爸感嘆，親暱地與媽親親抱抱。

這次媽身體出狀況，來醫院檢查前爸老是哭，弄得媽眼淚也無法收住。但爸的眼淚對媽來說意義重大，媽在爸的生命裡留下最辛勞的背影。

又剩下我守護媽。

靠著微弱的光線，我慢慢讀著《尋秦記》的最後幾章。

此時我不禁想到回台北上課的弟，有些擔心他。弟一個人在空盪盪的台北，想必一定很寂寞吧。睡覺的時候一定特別難熬。

想著想著，弟就打了電話過來跟媽道晚安。

此刻的我，非常慶幸能留在媽的身邊。

2004.11.25

早上哥來換班，我坐火車上台北。

下午跟北醫約了做核磁共振，檢查我坐骨神經痛的程度是不是達到「替代役體位」的標準。明天要去板橋租屋處將機車與冬天衣物寄回彰化，後天則要去師大座談會上說點東西。如果有好事發生，週日會多留台北一天。

然後我今天還是忘了打電話給某導演，金害。更嚴重的是，我現在想起來了，也沒有勁去做。

這幾天奇變陡起，心理的負擔使身體變得很容易累。坐在來台北的自強號上，我罕見地停止維持了三年的手指慣性，沒有在膝蓋上飛快寫小說，我一路呼呼大睡。

到了北醫掛了號，塞了耳塞，開始了我只在電影裡看過的核磁共振檢查。

我安安穩穩躺在時而寂靜如空明、時而轟然吵雜的密閉空間中，漸漸的又想大睡一通，可惜我無聊至極張開了一次眼睛，察覺到自己身處一個機八透頂的窄小空間，雖立刻闔眼，但無法忍受的窒息感立刻漲滿了我的身體。

我好想動一動，叫一叫，好想衝出去透透氣。

這時我才明白檢查前要填的單子裡，「如果患者無法安靜平躺的話，請事先告訴護理人員」這一個看似可笑的選項所謂何來。原來不是指「對不起，我很頑皮，所以無法

momokiss

照辦」，而是「幹啊，原來我是密室恐懼症俱樂部高級會員」的意思。

我害怕的東西實在太多了，我的一生彷彿是在發現、累積驚嚇自己的東西的過程。怕高，怕鬼，怕別人不相信我，怕Puma氣絕闔眼時我沒抱著牠，怕價值兩億的雙手斷掉，怕割自己或別人的包皮。

但我可以確定，我最怕沒有媽媽。

「你們兄弟凡事都要商量好……不管媽最後有沒有好起來。」媽昨晚吃稀飯時突然這麼說，害我劇震了一下。

吼，媽妳不要一直嚇我。

回看昨天的陪伴書寫，從弟弟跟媽的約定中，可以知道媽的興趣很少。

但媽興趣很少，其實是因為太過操勞，使得培養興趣的時間變得太珍貴。居然有空閒，媽也會選擇睡覺。媽說沒有什麼東西比得上好好睡一場覺。

媽真的很需要休息。

這次的衝擊其實不無預警，媽容易頭痛，沒有食慾，胃痛，全身痠痛，半夜無法安穩入睡，手顫……將這些痛苦的畫面拆開來看，好像是很平常的勞累病，很容易靠簡單的成藥就將痛苦緩解，所以很容易忽視。但若將這些痛苦的圖像全部組合起來，背後的真相竟是如此驚悚。

又或者，演變得如此驚悚。

最讓我們兄弟內疚的，是病痛後的真相還是靠著媽的警覺、與行動力，才將危機提早揭開，要不實在難以想像後果。

我深深體悟到，為人子的，應該將關心化為實際的行動。

爸媽一有不對勁，做子女的不能老是光靠嘴巴提醒、口頭關心，而是該用力抱起父母……直接抱到醫院做檢查。這種浮濫的小故事大道理聽到聽膩了，身體卻生疏得很。

更重要的是，有些簡單的夢想可以開始實踐，而不該放在「可見的未來」。未來如果可見，就失去未來的真正定義。

一直想帶從未出國的媽去哪裡踏踏，也一直未能付諸實現。媽總是說藥局生意忙，多一天顧店便多一天的收入，很傳統、很實際的想法。對負債一直以百萬計的我家來說，媽一直身體力行節儉。這樣的對照常讓我感到內疚，尤其看見媽一雙鞋子穿好久好久。

有次我故意買了一堆阿瘦皮鞋的禮券，想說錢都先花了，媽總願意買雙新鞋了吧。

結果拉著媽到阿瘦皮鞋店裡挑鞋，才發現媽的腳比我想像中的還要小，小到整間店都找不到合適的尺碼。

「沒關係，我們有提供尺碼訂做的服務喔。」店員小姐親切地建議。

「謝謝，不用了。」媽婉拒，轉頭跟我說：「這個禮券還是留給爸爸跟老三用啦。」最後真被老三用去。

有時跟毛約會，吃著外面的簡餐吹著冷氣，我便會想，改天該說服媽跟兒子約個會，吃個館子。但媽只要吃到麥當勞跟肯德雞就覺得滿足。真要開口請媽吃個貴一點的東西，我反會怕被媽責罵而不敢開口。

我總是閉著眼睛。

很辛酸的矛盾。有時我甚至因此背脊發冷。

「媽，以後妳跟我住的時候，每天只要負責看HBO跟睡覺就可以了。」我在家裡寫小說時，偶爾跟媽這麼說。

「好啦好啦。」媽一貫的回答，掛著笑容。

「媽，那些負債根本就不算什麼，好加在妳生了三個兒子，所以什麼債通通除以三，就變得很簡單了。只要過幾年我們都畢業當完兵，一下子都還光了。」我從大學時期就開始安慰我媽：「然後我們就可以買新房子了。」

媽似乎沒有懷疑過我的話，很欣慰我們兄弟的團結。

但距離媽享清福，我在咖啡店寫小說，媽在一旁翻雜誌的日子到底還有多久？

如果只有計畫，卻沒有「現在就開始的衝動」，就只能一直停留在計畫。

人生有太多事夠資格成為藉口，要上課，要打工，要上班，要談合作，要回信，每一個藉口都是正經八百，都是所謂的正事。一如預料，大多數的人選擇與奉獻錯過，然後不自覺纏在自己結吐出的內疚的繭內，永困不出。

有兩種極端的情緒會糾纏人一輩子。一種是自尊心被剝奪的困窘，另一種則是不斷沉澱的內疚。

以小說的用語，這兩種一剛一緩的極端情緒，會各自製造出兩種很極端的人。若發生樹欲靜而風不止，子欲養而親不在的情況……我很難想像淚要怎麼收止，也很難想像我是否會因失落過多而失卻大部分的情感。但這些失落都比不上無法滿足媽追求的幸福。

所以我必須破繭。每個子女都該破繭。

但大多數的人看了這篇文章，察覺到觸手可及的繭，還是不會撥個電話回家。

因為總是有正事要做。

momkiss

2004.11.26

昨晚是週四，按照慣例要在網路上發表新小說。

我很清楚，沒有陪伴在媽身邊的時間，生活的步調要盡量輕鬆，讓隨時保持警戒的身體與精神放開，不然身體遲早會出問題。身體一出了問題，就不能照顧媽，家裡可用的人力資源就會短少，累到其他人也惹媽操心。已經入冬，這幾天天氣明顯轉冷，還下起雨來。千萬不能感冒。

除了為了健康而輕鬆，還得穩定。

自媽的檢查報告出爐的第一分鐘起，我就決定要將生活維持在穩定的節奏之內。該寫東西還是要寫，雖然自寫作以來我幾乎沒有所謂手感的問題，但創作上的順暢極可能是我經年累月的好習慣所維繫，一旦中斷，要怎麼個恢復法我可不想重新領悟一遍。

獵命師傳奇要作連載式出版必須有三本的預備稿量，我只幹掉一本，必須再接再厲。媽最關心我們的學業，所以也得將論文初稿寄給指導老師批批。

這分穩定有賴跟我有關係的人去幫我維持，所以我選擇第一時間將媽的病情告知我的好朋友們，以及商業合作上的老戰友，讓他們了解我的狀況。

由於在媽進醫院前兩天，家裡多了一條小狗「Kurumi」（取名自Mr. Children一首歌名），才不滿兩個月大，現在要照顧牠顯然力有未逮，只好託家裡同樣開藥局的好友阿和幫我養幾天，順便訓練牠乖乖尿尿。（真抱歉啦！阿和！據說拉不拉多小時候超愛咬東西的！）

而從醫院回家剪髮、補牙時，我一碰到網路就發了信給跟我有關的出版社，告訴他們媽生病的事，提醒他們如果有宣傳計畫或是封面文案或是要開會討論等等，都直接打電話給我，要做什麼都事先通知，我好將時間排出。

但只有我穩定也沒有用，家裡每個人都要快速適應沒有媽的日子應該怎麼過。最簡單例如洗衣服、晾衣服、煮飯，複雜如藥局生意的各個層面。

這是一場持久戰。每個人都應該學習「在不放棄理想下，如何照顧媽媽」，這分穩定將在一個月內出現清晰的節奏，我期待。

我的一天大概有兩小時在網路上度過，回文、回信、貼小說等，去醫院照顧媽後在家上網的時間急速縮減，但網友與讀者愛屋及烏，讓我在網路上度過的短暫時光裡感到很溫暖。

看了許多網友對癌症治療與照顧的一些建議，比如怎麼吃東西才能保持弱鹼性的體質（據說癌細胞無法生存在弱鹼性的血液裡）、止吐藥要如何從健保給付與自費項目中找到最適合病人的方子、住院費用等等。需要注意的資訊真的非常大量，其中還包括琳琅滿目的偏方或宗教療法，如氣功、長生功等。

有個網友寫給我的信讓我很感動。他說他跟朋友有在靈修，可以聚集能量成光球傳導給媽，希望我告知他媽的姓名與地點等等。我看完信的第一個念頭是：「啊！好KUSO！」但隨之而來的是無可言喻的感動。很認真的KUSO，完全命中了我。

在睡前還去了ptt網站裡找到了癌症的討論板，又不自覺看了許多病人家屬的經驗分享，網路上的資訊真的很多很多，一不留神已是兩點，今天一路睡到中午。真糟糕，好不容易藉著陪伴媽養成的早睡早起習慣就這麼付諸東流。又得重新調整起。

還在台北。

晚上跟毛毛狗約會，選擇最有效率的方式紓解心情：「看電影」。兩人很有默契挑了驚悚的超血腥片《戰慄》，實際上也是因為沒有強片下的選擇。周星馳的《功夫》還得熬到十二月底才上。

《戰慄》裡頭講的好像是法語？不重要，因為殺得血流成河的場面，不管是哪一國的發言都只剩下最原始的恐懼尖叫。《戰慄》是部好片，很有創意，徹底霸佔了我九十分鐘的注意力。

毛還是在指縫中看完整部電影，眼睛瞇成一條線。若非認識我這個嗜影狂，我想她對恐怖片應當是敬謝不敏的吧。

mom,kiss

2004.11.28

在台北的事告一段落，晚點說些在師大演講與百萬小說頒獎的感想。

明天是化療第一個療程的最後一天。一般人的單位白血球大約是一萬，媽生病時飆到兩萬，而藥劑發揮作用後，現在只剩下六百。

也就是說，媽現在免疫系統的抵抗力很薄弱，守在媽身邊必須很小心，不能讓媽感冒或遭到任何細菌感染，紙口罩跟殺菌液是必備的裝甲。這樣的情況必須謝絕看護之外的親戚朋友來訪。所以想要親自用能量治療法近距離幫助我媽媽的網友，還得等些時日。

當然，隔離的對象也包括自己人。弟弟雖然也回到了彰化，但不幸感冒，家裡登時少了一個可以調度的看護。當然是不准苛責弟，但還是請他「別再犯了」。

這幾天人在台北，寄了機車與兩大箱冬天的衣服回家，然後等待禮拜天的「可米瑞智百萬電視小說獎」在世貿三館的頒獎。而彰化的哥傳來很機八的消息，讓我既擔心又憤怒。

為了阻絕可能的感染源，媽在我上台北隔天就已從四人房換到雙人房，想說比較安靜、公共空間的集體使用也較少，但結果適得其反。同房的老先生一直在狂吐血、急救、沒有間斷過的呼吸器壓縮聲，讓空氣瀰漫著隨時發生危險的緊張氣氛，雖然不可否認影響到媽的心情與睡眠，但生病的人要互相體諒，沒什麼好置喙的。

然而老先生的家屬群卻是超級沒品的死台客，在小小的病房裡舉辦大聲公演講比賽，對醫護人員吆喝通屎、指揮急救的程序，在手機裡跟親戚聊與病情絲毫無關的五四三，還亂幹我們買在洗手間裡的潔手液。據哥說，連到了半夜聲音也是一樣沒有節制，讓媽血壓升高，心情壞透。

因為對方總是在吆喝，所以老先生的情況哥跟媽都很清楚。老先生幾乎要病故，但病人家屬一直在等良辰吉時出院回家，想說人還是往生在自己家裡的好，所以儘管老先生失去意識、大量出血，死台客還是不為所動；急救一穩定，良辰吉時就這麼錯過了，就要繼續等下一次；晚上也不能出院，因為不吉利。

媽難受，哥更受不了，但與同房病人家屬交惡是最笨的情況，哥彬彬有禮地提醒對方媽需要休息，然而對方卻開始冷嘲熱諷，說什麼「如果怕吵，不會去住單人房喔？」「這裡是醫院耶！醫院怎麼可能都不講話！」……然後越來越大聲、放肆，叫護士過來，他們卻嚷著「我們又沒有怎樣，是他們太龜毛」等等。

然後一個小孫女開始在昏迷的老先生旁邊大叫「阿祖！阿祖！」個沒完，聲嘶力竭，卻沒有一點悲傷。

momkiss

這種事我沒有親眼看到就一肚子火。要不是看在媽的分上，哥很想活動一下筋骨。如果哈棒在，我也想請他老人家照顧一下這些死台客。要不就是拿一張白紙自己畫表格，有模有樣地走過去問：「不好意思，請問第二屆醫院盃大聲公比賽是在這裡舉行麼？啊！你們不是上屆冠軍？」

幸好我們申請換房的要求快速通過了，媽在弟的攙扶下換到一間很安靜的雙人房，而哥也象徵性對這些死台客大罵幾句。後來我們前腳搬出，後腳搬進去與死台客共用病房的病人，第二天又搬了出來。或者說，逃了出來。

後來才知道，那些死台客原本住的是單人房，但大概是費用太貴，所以輾轉進了雙人房，而大吼大叫多半是他們趕走其他床病人、使房間成為單人房的一種粗暴策略。

說實話我很同情老先生苟延殘喘的悲慘，是否應該繼續急救下去我也沒有意見，醫生跟護士怎麼被指揮我也只能感到尷尬。但我絕不能認同把醫院當看病派對的混蛋。

生病沒有人願意，家屬更該互相體諒。病人需要休息，即使不是你家的病人。欺負我媽，我並不介意你家的老先生那台呼吸器突然故障。

同情心不是什麼高尚的品德，而是一個人靈魂最基本的善良起點。做不到，就該去垃圾桶翻找自己的分類，看是可燃還是不可燃，可回收還是不可回收。

2004.11.29

現在是中午十一點，Ara-C藥劑殘量是98。

幸福地坐在醫院伴床上，換哥回家睡覺休息。

媽睡得不是很安穩，翻來覆去的，偶爾還睜開眼睛。媽的食慾降低，排便不順。我想血液裡的成分失衡是一點，但久臥病人的困倦感也是原因。所幸媽很配合，有在努力吃東西，也開始喝補充高蛋白營養的安素。

家裡已經很久沒有好消息了。

所幸媽醞釀在我血液裡最滾燙的成分發揮了決定性的作用。

三個月前，開始準備投稿可米瑞智的百萬電視小說獎。可米瑞智這獎金超多的徵文比賽在七月才公佈，收件日期卻在很倉促的十一月初，字數限制是八萬到十三萬，第一名獎金一百萬，並會拍攝成偶像劇，第二名十萬，第三名八萬，佳作五名。原本我想用正在進行的《愛情，兩好三壞》去比賽，但可米瑞智已經很喜歡那個故事，有意思要評估拍攝，而我又是可米瑞智剛簽下的作家，我想這樣搞起來若是得獎，簡直是作弊中的作弊。

但我因為只想得第一，不想得其他的名次，研究一下手底下其他未發表甚至未創作的作品輪廓，愛情類型的很少很少，而偶像劇幾乎都是走愛情路線，於是我便沒把這件

mom,kiss

事放在心上，偶爾還會發發第二名跟第一名的獎金條件相差太多的牢騷。

直到八月底，我才開始《少林寺第八銅人》的創作，以一天五千字的速度攀山越嶺，在十月中旬結束，字數是十二萬九千多字，幾乎破表。這故事越想越有趣，也找到滲透進愛情元素的縫隙，重點是，我已連續寫了三個愛情故事，膩了，要換換手氣。

這個《少林寺第八銅人》的故事架構原本在五十萬字以上，我放棄幾條很有趣的、對支線的精緻描述，才勉強精簡到十三萬字的規模，但我很有自信，若是功力高深的編劇看到這個故事，應該可以發現這些被精簡的支線的可發展性，動動腦，那些被刪減的劇情就會源源不絕爬將出來。

但支不支線也不是重點，不管是投稿任何的獎項，我對寄出去的東西只有一個要求：「好看！」所以我既不是採取劇本式的寫法，也沒有加入大量的對話，而是按照自己一貫的「漫畫＋電影」的分鏡哲學去說故事。

我說故事的本領之所以出色的一百個理由裡，我特別在意一點：「如果將對話全部抽光光，這個故事還會不會好看」，也就是用「遠鏡頭」去觀覽整個故事是否充盈飽滿，而不是根本沒有劇情只會用嘴巴打屁的爛貨。

不是，當然不會是。這故事打了一場何其激昂豪邁的好拳。

除了熱血，我翻找了許多關於武功與歷史的資料，在不斷穿鑿附會下，終於誕生一個在歷史巨大裂縫中凜然而立的小人物英雄。我最喜愛的手法，非常九把刀。寫到後來我熱淚盈眶，心中一直惦念著：「啊，真想讓大家知道，我的根性還是很熱血的啊，愛情只是美好的假象呢。」

然後我接到了可米瑞智的通知，要我在禮拜天到世貿三館領獎。

毛跟我提早到一旁的紐約紐約，這才買了件像樣的襯衫穿上，之前總是一副邋遢。原先我以為受邀到場領獎的人至少也有入圍佳作，但到場後才發現到了十五位，也就是說將有七張凝重的臉坐在底下。我不認為我會是其中之一，但我也不認為拿到冠軍之外的名次值得高興。

見到了昨天在師大一起演講的蘋果鳥，與初次見面卻久仰大名的皇冠百萬小說得主謬西，我們三人正好坐在一起，蘋果鳥在我左邊，謬西在右邊，毛毛狗在後面亂摸我。

見到蘋果鳥很高興，忍不住跟他談到昨天去演講的遺憾與感想。我看過蘋果鳥的小說，文字用得真好，也從在師大座談中意識到蘋果鳥的深度與氣質。蘋果鳥是個頗真誠的人，當我說：「既然來到這裡，唯一的打算就是擒王」，他並不會裝謙虛應道：「入圍就是肯定」這樣狗屁倒灶的話，而是愣了一下，欣然同意。

謬西給我的感覺則是「啊！厲害的大叔！」，肯定是個既菸且酒的創作派。謬西散發出一分很自然的驕傲，當他直言不諱：「我覺得這個獎如果不能拿第一，乾脆就別拿了。」我心中不禁升起一股「果然厲害的人都是這麼想的」的敬意。

台上的頒獎還未開始，蘋果鳥跟我都摩拳擦掌，根本坐不住，手中都拿著一瓶礦泉水猛灌，灌到差點失禁，還勞煩謬西幫我們看位子去解手。我提議當蕭薔上台頒獎時，雙雙拿橡皮筋射她美好的胸部，當蕭美人憤怒在人群中找兇手時，我倆再嫁禍給謬西大叔。

頒獎一開始，我們三人就成了敵手，我則開始搓手緩解情緒。暗中觀察謬西，這位大叔一派的冷靜，真是羨慕他的鎮定，果然不愧是拿過一百萬大獎的狠角色。

蘋果鳥首先上台，是佳作，作品是《那一張美麗的圖畫》，評審給的評語很棒，缺點只有人物比較不立體。我腦中一片火熱，只好持續不懈地灌水。謬西老神在在，雙手插在口袋裡。

結果謬西是第三名，由蕭薔宣佈。作品是《台北愛情物語》。

「爛！」謬西上台前對我苦笑，吐出這個字。這個苦笑很令我感動。

謬西這個苦笑包含了對自己的自信，以及真誠。他一定也察覺到我是個能夠以「溫柔的驕傲」溝通的人，而非「造作的謙虛」那一類。所以這分感動也有部分來自於我認為的、謬西對我的肯定。

謬西站在蕭美女旁，不改一臉沒有很高興的樣子，我則開始疑神疑鬼。幸好第二名很快就宣佈，是由夏佩爾與其女友烏奴奴合寫的《波西米亞公寓》。

在第二名揭曉的瞬間，我對自己的個性又多了一次確認性的了解。

「我第一名了。」我心中雪亮，極其篤定地開始做伸展操：「沒有別的可能了！」這個動作事後還被毛毛狗罵太臭屁，如果輸掉就很可笑。

輸是有輸的可能，我也不排斥輸。但自信的高昂是無論如何都要保持的，不管怎麼輸、輸幾次，也沒有辦法被剝奪的自信才是真的自信，否則只不過是一個脆弱的甲殼。

果然，蕭薔說，第一名的小說名，非常像什麼藥的名稱……十八銅人行氣散時，我拳頭握緊，非常暢快地走上台，用了一個超白癡的表情拍照。真的很爽，但很不好意思，我已經準備好冠軍的台詞。這分台詞，每當有人問我寫作的目的是衝三小時我都會再複述一遍。

大概是：「感謝媽媽，不管得什麼獎都要感謝媽媽。寫作五年以來，自己的創作目的一直在變動，隨著過程有所不同。但一直到兩年前我才領悟到自己的夢想，那就是期許自己能夠成為台灣中間文學裡最會說故事、能夠說最多故事、能夠用最多種方式說最多種故事的人。這個世界上或許真的存在，不管怎麼努力都無法達成的夢想，但如果一百倍的努力，可以換取與這個夢想只有一個呼吸的距離，那麼我就會去做，最後被自己感動得亂七八糟……畢竟說出來會被嘲笑的夢想，才有實踐的價值，如果跌倒了，姿勢也會非常豪邁。謝謝，超爽的。」

接下來是可米瑞智公司的大當家柴姐，尷尬地說了幾句雖然我是可米瑞智簽約的作家可是還是沒辦法不讓我得手的公平性論述，此時我心中只有：「啊，我是很強啊。」很想讓這故事快快付梓上市。

麥克風交給參與評審的導演，導演的評語很中肯，一點也沒有超出一直陪伴我寫作的網友讀者們早就知道的東西。

導演說：「這個故事題材看起來很老套，不就是少林寺？但能夠將這個題材用這麼新奇的手法表現……影像感非常強烈，好像已經拍完了一樣……全文沒有冷場，隨時都在高潮……非常厲害……」嗯嗯，希望早點見到這個很KUSO的故事出現在電視螢光幕上。

然後所有入選者在台上拍集體照，我不斷做奇怪的表情。

下台時，謬西超有風度地站在台下跟我握手。

「現在知道拿到一百萬是什麼感覺了吧？」謬西笑道。

我笑笑。

是很爽。謬西說的應該是爽吧？

「媽，我剛剛撿到一百萬，妳放心把身體養好啊！」我在電話裡告訴媽這個好消息。媽很高興，接下來整晚都在看電視，希望看到她兒子臭屁的樣子。

可是爽只是一瞬間的衝動性情緒。我最明顯的感覺其實是鬆了口氣。

家裡目前負債一倉庫，三個兄弟都還在念書，而媽的醫療費用則才剛剛開始。我很慶幸這一百萬是我的，並沒有對所謂的敵手多生什麼感觸。彷彿聽見上帝偷偷拉著我的衣角，附在耳邊說：「喂！好好照顧你媽啊！」

是啊，還用得著你說。

現在是下午四點十分。今天是媽化療第一個七天療程的最後一天。

媽的胃口開始不好，但還是很努力在吃東西，少量多餐，以媽的喜好為準。鼻子有傷口需要注意不可受到感染，左手的軟管有滲血現象，護士等一下要過來換藥，偶爾處於快要發燒的狀態，冰枕換了兩回。剛剛提了半桶水幫媽擦澡。

媽讓我將窗簾拉開，讓自然光透進來，朝氣些。

我將師大演講後，默陌網友的打氣卡片拿給媽看，並提了有網友自告奮勇近距離發射能量光球的事，也建議媽癒後不妨練個氣功、長生功等等的。當然也跟媽說起昨天頒獎的過程跟我的謝辭，正好評審之一的春子也打了電話過來聊天，所以也跟媽說了大致的評審辯論內容。

雖然我很強，但大概還是從媽肚子裡蹦出來的關係，媽最得意的，還是她寵壞掉爸跟奶奶這件事。

奶奶很多年都沒真正煮東西了。媽生病不在家，七十八歲的奶奶自告奮勇下廚打點，搞得大家人心惶惶。

今天早上我在刷牙時，看見奶奶正把一坨飯倒在加熱的鍋子裡，靜靜地看著它被烤焦。我強自鎮定繼續刷牙，奶奶不為所動，仍舊像個考古學家般研究飯的滅亡過程。

很厲害的奶奶。幾天前我還吃過奶奶牌的炒菜，那是一塊我無法定義的黏稠物，綠色的，生前必是一棵活潑潑的菜，現在它躺在盤子上，既稠又膠的綠色裡頭裹著很多油，但確定有熟，比昨天吃到超堅硬蘿蔔湯的弟弟還要幸運許多。

媽看見我在笑，問我為什麼。

「我在寫奶奶被妳寵壞、都亂煮菜的事。」我答。

媽莞爾。

「那你要多寫一段，寫奶奶平常在飯桌上都在教我這道菜應該怎麼煮、哪道菜我煮的方法不對……」媽說著說著，也笑了起來。

是啊，自從媽嫁進來的第二天，廚房便交給媽了。

奶奶是那種心腸好，可是還是忍不住要用挑剔的方式好維持婆媳階級的那種老一輩。近幾年，奶奶跟全台灣的老人一塊變成民視親戚不計較、飛龍在天、長男的媳婦、不了情、意難忘等的忠實觀眾，成為汪笨湖的教徒，非常幸福地遊走各親戚家。

媽病了，正好得到多年欠缺的休憩，而奶奶則在家裡瘋狂地尋找可以吃的東西，想趕在食物過期前通通嗑掉。晚上弟弟送晚餐來，說奶奶一次煎煮了好幾十個粿給大家吃，結果惹得哥大怒，說東西不是這樣吃的。奶奶則辯稱：「我不是因為想趕在過期前通通煮來吃掉，而是我很喜歡吃。」哥哥更怒了，說就算喜歡吃也不是這種吃法。一想到輪到我回家休息時，要面對那些堆成山的粿，我就歸藍趴火。

除了粿，奶奶還將香腸煎成鋼鐵般的、據信也被歸類成食物的東西。這個小故事大道理告訴我們，只要有心，每一條香腸都可以變成很硬的香腸。

這段期間雖然奶奶堅持照顧大家的心意讓人感動，但生病的媽媽有賴大家健康有活力的照顧。阿彌陀佛。

「爸，奶奶煮的東西不是很營養，大部分都是澱粉類的，只有熱量，我建議一天至少要吃一次外食補充營養。」我這麼跟爸說。

「好啊。」爸說，正在電腦前輸入健保處方籤的資料。

「那我去樓上跟奶奶說這個想法。」我說，就要起身。

「我看不如就從這一餐開始吧。」爸嘆道，若有所思。

而早上見識到奶奶與烤焦飯粒對峙的畫面，我咬著一顆從冷凍庫裡拿出來熱的菜包，興高采烈地逃出家，直衝醫院。

究竟是誰吃了那一鍋神祕的焦飯，就交給金田一了。

2004.11.30

早上十點，藥劑殘量206。媽的胃口還是不好，早餐一顆饅頭沾著米漿吃，也沒能吃完。

剛剛王醫生來，說下午準備移床到保護隔離病房。護士解釋著加強隔離後的控管，比如空氣只出不進、限制訪客（謝天謝地）、穿戴護頭跟特殊的衣服、買兩雙乾淨的拖鞋、只能吃煮熟的食物跟削皮的水果、一次只能一個人陪媽（糟糕）。

「當然不能帶寵物啦鮮花啦這些東西，如果不知道能不能帶就先問一下護理站。」護士說，戴著口罩只剩下眼睛的她似乎在笑。

「可以帶電腦進去麼？」我忐忑不安，指著一旁的iBook。

「可以。」護士說。好險。

如果不能在陪媽時寫小說，出版社一定很想死。而我則會被迫成為博極群書的超級閱讀家。我已經買好《達文西密碼》、《李昌鈺的犯罪現場》、《魚的義大利旅行》。我想我還欠幾本推理小說，反正我現在有的是耐性。

哥不久前打電話問我，說晚點要去三角公園的觀音亭拜拜，要跟神明許諾抄經書做功德給媽，問我覺得應該抄幾遍。

「那也得看要抄什麼吧？」我腦中浮現出幾篇很長的經文，有些緊張。

momkiss

「當然是心經啊。」哥說。

我很猶疑，畢竟人類活在世界上有很多事情要做，抄經明顯會佔據我的時間，而且極大量。

說過了我希望保持一個很好的平衡。

我篤信鬼神跟各種世界奇妙物語，「功德」這種事我相信有，但抄經這個發願似乎沒有惠及他人，只是一個勁的抄，我實在難以將「抄經＝功德」這個公式擺在我的價值衡量裡。

「那就一百遍吧。」我還是答應了。

如果不算功德，起碼看看能否孝感動天。

爸有糖尿病，剛剛也來彰基看診，當然也過來看了媽。我開始收拾房間裡的東西，想像隔離病房裡的世界長什麼樣子。

一次只能一個家屬在隔離病房裡陪媽，並減少進出次數，否則視同放棄隔離，必須轉回普通病房。這個規定立意良善，不然隔離就失卻意義。但我還是難免預知到將至的寂寞。

下午正式搬進隔離病房前，媽說要洗頭，清爽些。於是兩人坐電梯到五樓，彰基附設的美髮部探險。

媽的身子小小，小到洗頭的時候踩不到椅子底，要曲著腿靠在椅子上，我則在一旁幫拿點滴。雖然精神不好，略微有點發燒的跡象，媽還是跟洗髮的小姐有一搭沒一搭聊天。

告別普通的雙人房，進入隔離病房，心中祈禱共住的室友很好相處，別又是大聲公比賽的冠亞軍。

穿著粉紅色制服的護士親切地指導我保護隔離病房的規矩。首先換上新的乾淨拖鞋，洗手十五秒，戴綠色的頭罩與口罩，穿上很色的隔離衣，用腳底板控制每道透明玻璃門的開關。

從聲音與眼睛的表情，我想這位護士年紀應該比我小一些，並不會擺出護士特有的忙碌模樣，小小的，很可愛的樣子，會跟病人哈啦，會幫我提電腦。很好的護士。如果我媽好起來我想送她一本書。

然後我胡思亂想。醫院裡醫生與護士間的戀愛一定很有趣，大家都戴著口罩在走廊盡頭摸來摸去，用眼神跟聲音談情，但太忙了沒時間去外頭約會，也許要等到結婚那天兩人才會見到對方的模樣。啊，好色！

媽的室友也是個媽媽，叫吳太太，也是白血病患者，進醫院化療第四次了，精神很好，整天都在看電視。今天我們看了重播的天地有情、鳥來伯與十三姨、意難忘。等一下還會繼續看。

吳太太跟她的老公吳先生很喜歡聊天，所以媽也振奮起精神聊個沒完。我想這樣很好。我很喜歡看媽狂說話的樣子。

在不著邊際的亂聊中，意外發現吳太太與媽媽都是同一天十二月五號生日，好巧，人的相遇一定是有道理的。

大家都會好起來。

這段時間發生了很多事，這分陪伴文學也跟著複雜了起來。

週六到了師大，參加由師大國文系與bbs無名小站濯夢文學館合辦的活動，這個活動有書展、有座談會，我因為心急要陪媽，所以取消了第一場的出席，僅來到第二場。

由於記錯了時間，提早到了兩個小時，於是找了一個不起眼的樓梯角落，打開電腦寫些東西。隨時隨地都可以寫是我的理念，只要屁股是坐著的。對於寫作，這樣的謙卑構築了我謙卑後的、過度狂放的姿態。但誰知道呢？多數人只會見我臭屁的一面，不會過問理由。

座談會的主題是關於網路作家與出版社與讀者之間在衝蝦小，我覺得題目很平面，所以就隨手帶開了。由於我是一個經常意識到「自己為什麼寫」、「為什麼要用這樣子的方式來寫」等問題的人，所以面對任何關於網路或寫作的問題，大抵都能侃侃而談。我說話的習慣老是從遠方講起，脈絡性地讓聽者明白我為什麼要這麼講的理由。

在參加座談會的過程中，聽見其他講者所說的話，我又一次確認前兩個禮拜接受遠見雜誌採訪時自己所說的話。可是我覺得很可惜。

或許他們覺得不重要，但絕大部分的網路小說作者都沒有建立自己的書寫論述。許多網路作者對自己的看法都依附在出版社所構繪的「自我貶抑性的」、「供給需求式的」消費性論述，欠缺自己的主張。聲稱有，常常也不過是沒有發現自己的依附狀態罷了。

具體來說，就是有以下的聲稱或行動，但不見得會同時擁有：

一、認為自己的創作動機很純粹，只是喜歡寫而寫。

二、覺得自己寫愛情小說是一種暫時性的策略，贏得群眾後將來有意弘揚大道理。

三、覺得非輕文學甚或非愛情題材無法擁抱廣大的讀者。

四、覺得有人批評網路小說大都寫得很爛，便是意味著網路小說被打壓，於是開始過度防衛。

五、我寫的是一種「感覺」。

但這樣的純粹其實一點也不純粹。只要擁有條件一以上，就會處於自相矛盾的狀態。但聲稱條件一能讓自己處於「你打我啊？！」的慵懶姿態，對許多創作者來說是最方便的包裝。先自我貶抑，彷彿就能置身於批判似的。

我絲毫沒有看不起為了填飽肚子而創作的書寫族群，也不認為消費性論述不妥當，例如訪談蔡智恆的經驗中，蔡的論述便十足消費化，卻也很有一套看待自己完整的想法。

但多數創作者都是人云亦云、彼此採借書寫論述、或共同依附這樣的書寫論述，就是看不見所謂創作者的風采。將出版社對自己的消費定位當作真實，久了，就回不到原來的自己。

創作者何妨創造自己的書寫論述？還是畏懼自己創造的論述不被接受？還是認為除了創作之外，其餘對於自己、對於創作物的想法或定位都是多餘的？

在謬西身上看見很驕傲的氣質時，我心中是很高興的，也直截了當告訴謬西自己很欣賞他身上散發出的氣。創作者如果能夠有一分自信，不管夠不夠資格擁有它，該有多好？

我對自己的論述仍在改變中，但輪廓已經越來越清晰。

找到書寫的理由跟方向對我來說意義重大，畢竟「寫著寫著，忽然之間就成功了」這種事其實很遜，非常不浪漫。在有意識的努力下艱辛得到的成功，才夠深刻，才聞得到汗水的鹹臭味……才有男人的浪漫啊。

momkiss

2004.12.02

昨天早上哥從醫院打來的電話內容嚇死了我。

哥在洗手間外等媽上完廁所，結果等蠻久的裡頭都沒動靜，哥有些警覺地開門進去，發現媽竟倒在地上，身體成蝦子狀顫抖，口中喃喃有詞，左邊額頭上有一道傷口，血流不止。哥大慌，但還是盡可能冷靜地拉下急救鈴喚來兩個護士，將媽的額頭傷口處理好。

幸好媽沒鎖門，否則後果不堪設想。

「應該是姿勢性貧血。」哥猶疑道，卻又補充：「下午你跟爸拿媽的睡衣去收驚，看看要不要再去觀音亭拜拜，有空就幫媽念藥師咒。」

哥解釋，有人說之所以有癌症，其實是因果關係裡前世的冤親債主來討東西，所以要請觀音菩薩作主化解。這種話出自一個明年畢業的準博士之口，我無法反駁，而且越聽越怕。

洗了個熱水澡後，就跟爸一起去拜拜，爸吩咐我們兄弟多跟地藏王菩薩請求，畢竟地藏王是個出名的孝子，比較能夠溝通。

下午則跟奶奶帶著媽的睡衣去鄰里的小宮廟收驚，收驚的大嬸手中拿著一小疊米，口中不斷重複又重新組合的語句：「最近運氣不好都睡不好哩？是走痛運啦，要收收驚比較好睡，人才會卡有精采。」並以上這句排列組合五次。

而今天早上在醫院陪媽，媽上大號，我在裡頭陪，當媽顫巍巍從馬桶站起時，又感到一陣暈眩，全身顫抖，立刻蹲下喘息。我趕緊念起藥師咒，才念三遍就飛快迴向，免得錯過黃金時間。

媽說，身體這迷亂的感覺跟昨天早上一模一樣，好像摔進黑色的洞裡。我不由得聯想到哥說的冤親債主。

昨天下午跟毛講電話，毛語重心長建議我加入她虔信的日本宗教「真如願」，兩人從冤親債主越講越遠，扯到宗教的意義上頭。

說過了我幾乎什麼都信。

外星人、尼斯湖水怪、殭屍、吸血鬼、狼人、花子、裂嘴女、伊藤潤二早就將把靈魂賣給惡魔、貓王其實沒有死等等。對於鬼神我不是寧可信其有，而是根本就五體投地相信。

但矛盾的是，我的腦中其實還是存在實證主義。以上我什麼都信的這些奇怪事物，都有人舉證歷歷。

而毛口中的真如願，是從日本飄洋過來的教派，據稱是佛教密宗中的一支，因為創始者是日本僧侶，所以持念的咒語也是日本話，毛跟著眾修行者念誦時都看著注音符號。至於毛為什麼入教，是因為一起在國小教書的老師中有人信了真如願，個性轉變得很善良、人生變得順遂，於是積極帶領毛試試看。

簡單說說我所了解的真如願的宗教理論。我對近代宗教的理論都極感興趣。

真如願認為人在世上的一切都與祖先是否積福修德有關，所以超渡祖先是必要的，念經迴向給祖先也是重要的。為什麼要加入真如願？因為神無法看顧世上每一個人行善，如果我做了十件善事，神大概只會看見了我做一件，我所得到的功德的價值比（CP值）就只有十分之一。而真如願是佛教密宗，能引領人進入神所特別看顧的法門，做一件善事就是一件功德，十件便是十件，價值比是百分之百。

真如願裡一切的收費都是區區五十元、一百元的，要說它斂財其實說不過去，也不強迫信徒非得參加什麼活動等。不論一個宗教是否真有所謂的「法力」存在，只要不搞斂財、教義良善，我就覺得沒有什麼不好，也贊成毛去修行，有時還會開玩笑問毛：「妳現在法力有沒有很強了？」然後被瞪。

在媽生病後，毛的心腸好，建議不要只由她填表代媽超渡媽的祖先（收費僅五十元），這樣功德會被她吸收掉部分，而不是由媽完整接收，依照功德理論，媽的病會好得比較慢。所以最好我也加入，我的行善才會被神明完整看到，而不是偶爾不小心瞥到。

「如果填個超渡單就有功德，會不會太簡單了？」我將狐疑搬上檯面。我甚至不必自己誦經。

並非針對真如願，近代宗教之所以大量興起、跟隨者眾，跟「修行的捷徑」的研發大有關係。都市的節奏繁忙，人貢獻給宗教的時間越來越少，所以若能以最有效率的方式得到「功德」，誰不心動？

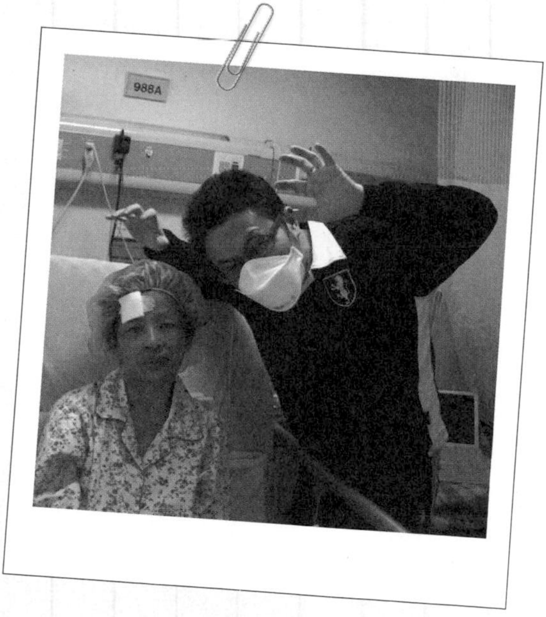

有些宗教只要捐錢就有功德（還能按照進度修建自己在西方極樂世界的宮殿，以後翹毛了就可以直接搬進去住），有些只要練氣功就能長福分，有些只要每天持咒就能修成正果，有些則期待外星人的飛碟來毀滅地球帶走自己，更簡單的就是站著瘋狂左轉就行了。我看過《轉法輪》一書，裡頭教主李洪志便強調自己將修煉的法門極簡化，信徒

只要有心，就能以不可思議的速度拔高道德與能量。

我跟毛開始討論功德的計算方式。說實話，我打心底覺得有空念佛不如好好幫助別人，看看報紙哪裡有比我們更需要援手的人家正在缺錢，匯個幾百幾千塊過去都比較「踏實」。

對於真如願「進入密宗做好事才會全部被神看見、加持」的說法，我直說：「這個神的法力好像不怎麼大哩，眼睛也比較小。」

毛則回應：「我相信神也有人的特質在啊，誰比較信祂，祂就比較幫誰。」

但這跟我對大乘佛教的定義認知，有著根本上的不同。

真如願對於因果的解套，重要的方式便是念經超渡。但我認為因果是無法解套的。若因果可以解套，因果就不足以為懼。或者，不再具有恫嚇性的意義。

小時候我很愛看各式各樣的故事書，抗日英雄、佛教的故事都是最愛。我對釋迦牟尼佛對因果的解釋印象很深。

有天，釋迦牟尼跟弟子走到一條河邊，看見一根木頭，便示意弟子好好觀察接下來發生的一切。那木頭突然惡狠狠地衝向釋迦牟尼，釋迦牟尼佛不管怎麼閃躲、甚至運用神力飛衝上雲霄，那根木頭還是死咬著祂，最後還是刺傷了祂的腳底。

釋迦牟尼解釋，因為祂某個前世殺害了一個曾經幫助祂的老婆婆，老婆婆如今化身成一根木頭，在河邊等待回敬祂的時刻。如今祂了悟因果成佛，卻依舊無法擺脫因果糾纏，足見因果的力量有多大，要弟子們引以為鑑。

我被這個故事嚇到了。所以對於劉德華與張柏芝合演的《大隻佬》中，對因果無法改變的觀點相當贊同，因果如果可以輕易扭轉，就失卻因果警示的力量。除了承受，我們只能從現世開始做好自己該做的，期許不再種下惡因。

毛一向很清楚我這些想法，所以也沒有太積極說服我，她只是出於一片好心。

「所以真如願的創始者研發出的咒語真強，馬上就贏過釋迦牟尼了。」我承認語氣很衝。

「公，我知道你的意思。但真如願講求『先做，再去了解』，反正也沒損失。」毛說。

我也了解。

任何宗教講究的是「信不信」，而非「證不證明」。

又或者，「證明」只在「已經信仰的人」的心中。

西方的基督教也是一樣，無法以邏輯去臆測神的法力、準則、器量。吩咐人不能摘蘋果卻卯起來種了一堆蘋果樹的傢伙，跟不信祂就會得到毀滅的那個上帝，都是同一個人。信就什麼都合理，不信就什麼都好像在唬爛人。

我很希望所有傳說中的神祇都是存在的，有很多很多，將天上擠得水洩不通。

然後，分一個神照顧我媽媽。

「那就照妳說的吧，幫我、我媽跟我爸填入教資料，然後幫我媽做超渡。我想現在的抗拒都是自尊的關係，都很多餘、無聊，我很希望妳說的功德理論是成立的。」我說。

拜倒了。

〈小插曲〉

下午媽發燒，我隨便跟媽亂聊。

「媽，打勾勾。」我神祕地說：「勾完了再跟妳說個祕密。」

「什麼祕密要打勾勾這麼神祕？」媽有些興奮，伸出手。

勾勾。

「媽，其實曉薇早就懷孕了，而且偷偷生了。」我鄭重地說。曉薇是我的準大嫂。

「亂講。」媽不信。

「真的，其實Kurumi就是哥跟曉薇生的，他們也很苦惱，不知道該怎麼辦。所以他們才會先寄在阿和家，而不是送給阿和，最後曉薇還是會把Kurumi拎回去自己養。」我皺起眉頭。Kurumi是無緣進我們家門的那隻拉不拉多。

「你都在亂講，還騙我打勾勾，吼，你的腦袋都在裝什麼東西。」媽哭笑不得。

「真的，曉薇自己也很幹，想說怎麼會生出一隻拉不拉多。」我很認真：「妳這樣說她會很傷心。」

「以後我不要再跟你打勾勾了啦！」媽亂笑。最後燒退了。

momkiss

2004.12.04

下午毛要來彰化，可惜不能來看媽。保護隔離病房進進出出的，就失去了意義，我想用數位相機的錄影功能，讓毛說幾句話跟媽隔兩面牆打招呼。

昨天將一位網友捎來的信件列印給媽看，希望讓媽得意一下。僅節錄部分：

標題：報告，我是刀媽的粉絲

……每天在家裡面對三個蘿蔔頭，常有失控抓狂的時候。看了您的《媽，親一下》之後，使我興起「好媽媽當如是」的偉大抱負。希望自己能像刀媽，教養出像刀大家三兄弟一樣，體貼、自信、團結、愛媽媽的兒女……請求刀大，多寫一些刀媽教養方法的文章…… 想請問刀媽如何以大智慧面對婆媳問題等等。

媽很高興，居然有了粉絲。而我則想到了媽去醫院檢查前三天，電視上馬拉松式播放一則四胞胎母親勞累猝死的新聞。

記得一年多前吧，也同樣在電視上看到四胞胎姊弟一起進幼稚園讀書的熱鬧場面，當時領著唧唧喳喳喧鬧不停的四個小毛頭的母親，對著鏡頭抱怨著一個人要管四個小鬼超累超吵，根本就很難找到好好睡覺的時間。

最後那位媽媽終於心力交瘁，撒手人寰。

讓我覺得很辛酸的，是記者訪問坐在桌子旁四姊弟：「你們知道媽媽過世了嗎？」時，四姊弟天真無邪地回答：「媽媽她昨天死掉了」、「媽媽咻飛到天上去了」，其中一個還在鏡頭前用手指勾比出死翹翹的手勢。還不懂悲傷的小孩，不曉得多久後才會感受到倉皇無助的悽苦。

記者隨即訪問了幼稚園老師，她說曾勸過小孩媽媽不要用打罵的方式管教，可以試著輕聲細語溝通，但那位媽媽說，不行，一次要管四個，如果一有放鬆，就會被得寸進尺，騎到頭上去。那位爸爸寒著臉對記者說，他太太常常跟他抱怨，說真的好累好累，幾年來沒睡過一天好覺，很怕有一天倒下去就起不來，現在終於發生，他會好好負起教養孩子的責任。

當時哥跟我在台北，看著這新聞。

「媽也是，這幾年一個好覺都沒睡過。」我感嘆。

為了照顧爸，媽在半夜還會被喚起，睡眼惺忪地揉捏爸的痛腳、拍擊爸的痠背。日子久了，媽的手疲倦到受了傷，還不敢跟爸明說，只說自己的手是因為太用力轉瓦斯桶開關而扭到。爸還責怪媽為什麼會把自己弄傷，弄得媽很委屈。但即使媽的手受傷，爸還是再接再厲喚媽半夜幫他拍腿。

中午媽在店裡趴著、或縮在調劑台後睡覺，一有常客來找媽聊天或做什麼的，爸就將媽喚醒，坦白說並不憐香惜玉。打烊後、洗完澡，媽很困倦了，爸只要開口，媽還是煮一些稀飯、熱一些菜伺候。很愛看西洋電影的媽在看電視，爸可以毫無顧忌地將電視節目轉開，我在旁觀察了幾次，只能說目瞪口呆。媽的工作量是家裡每個人的好幾倍，珍貴的睡眠一直被中斷，造成媽今日的最大願望竟是好好睡幾個覺。

當一個好媽媽已經很不容易，要兼任好太太跟好媳婦，就更加困難。那就別那麼困難吧。

但時光若能倒轉，我情願媽多跟爸的不體貼吵架，看看要摔什麼東西都好；多叫幾份外食；甚至多離家出走幾天，讓奶奶早點下廚吃吃自己做的東西。

媽沒什麼很特別的教養方式，打起人來也不怎麼痛，就是一味地付出。付出到讓我們兄弟都覺得很心疼的地步。

曾經在研二時、從彰化通往台北的火車上，因為要準備幾天後的課堂報告，我一邊查字典一邊啃著膝上的英文原文書。我的專注吸引到鄰座一位約莫二十八歲女子的注意。女子越挨越近，讓我開始心神不寧，以為她也對我念的東西感興趣，於是我還刻意將書挪過去一些，讓她一起讀。

半小時後，女子主動搭訕我，她問我怎麼都看得懂這麼厚的英文書。

我很訝異：「妳不是也看得懂？我還刻意分妳看哩。」

她搖搖頭，說：「怎麼可能看得懂，我國中就對英文死心了。」

她繼續說道，她的工作是幫地下錢莊在路邊發名片、傳單，她在發傳單的過程中感受到這世界的某種懸殊。她看見賓士車，心中就會想：啊！何必發傳單給他呢，他一定不需要借錢。看見菜市場深處，努力為生活鑽營的小人物在窄小的空間、昏黃的燈泡下，她又很感嘆，為什麼這些人辛苦了一整年，所賺的錢也許不如開賓士的人一個小時的所得？她又不忍將地下錢莊的傳單遞上。

看見我啃著原文書，她很有感觸。覺得生命中是否錯過了什麼，不能成為某個知識階級的一分子似的遺憾。

「你們家會不會很有錢？」她問。

我不知道她所期待聽到的答案是哪一個，但我只有一個解釋。

「剛剛好相反。」我說：「我們家欠了一屁股。」

「可是你怎麼都看得懂英文？」她好奇。

我省下『其實看懂英文的人滿街都是，念到研究生還看不懂英文不如去死一死』這樣的空包彈解答。

「我媽對於教育費用，從來就沒省過，因為私校盯得嚴，我們三個兄弟全部都念私立學校，媽還低聲下氣跟許多親戚週轉了好幾次，上了大學，三兄弟繼續用就學貸款一路念上去；媽從不逼我們趕快就業。其實很多媽媽都一樣，希望下一代比他們那一代過得要更好，吃的苦也少。」我說。

但當時我忘記說一件「除了辛苦砸錢」外，媽整整辛苦七年的特早起。

因為我國一跟國二都亂念一通，成績超爛，升上國三那年我只好卯起來衝刺，每天都念到半夜才睡。媽開始注意我作息不正常，於是強迫我十二點以前就要上床。

「你快點睡，媽明天早上五點叫你起床。」媽押著我，將我丟到床上。

五點一到，媽就會搖搖晃晃，睡眼惺忪拍醒我。

「田田，五點了，起來念書。」媽含糊地說。

「吼，再給我十分鐘，拜託～」我求饒，兀自昏迷不醒。

尤其在冬天的早晨，硬要爬出縮成一團的被窩，是很殘忍的酷刑。

「十分鐘喔。」媽坐在床緣，昏昏沉沉，閉著眼睛倒數。

十分鐘後，媽強行把我挖起來，並佔據我的床繼續睡回籠覺，我則去洗臉刷牙，坐在床邊的書桌上做練習題、背誦課文。

後來哥哥跟弟弟也變成媽媽在五點時拍醒的對象。我一直到離家讀大學住校，媽叫了我整整四年，弟弟當時才升高二，在離開彰化念師大前，又讓媽叫了兩年。不知讓媽白了多少頭髮。

一晃，媽六年來幾乎每天都在清晨五點辛苦爬起，叫兒子念書。

媽總誤解兒子成績好是兒子的腦袋靈光、努力讀書，卻忘記自己在其中扮演了什麼重要角色。

如果時光倒流，我一定自己爬起床。

但時光無法倒流，所以我很內疚。

我一直覺得內疚是反省的必要情緒。「幸好我書念得好，讓媽的凌晨早起有了回饋」這樣的自我安慰想法其實是推諉，非常惡魔。

如果連內疚的罪都揹不起，怎麼談後悔？怎麼說真正的感激？

寫著寫著，就偏離了主題。但未來有很多日子可以拉回媽教養我們兄弟的身影。很想再接著寫寫內疚的部分。

媽住院前兩天，我回到家。那時媽手中只有血液成分的檢驗報告（白血球過多、紅血球與血小板過少），還沒到大醫院抽骨髓驗證是否癌症，每個人都在祈禱媽是嚴重貧血。

那一晚，家裡內部在討論媽為什麼會突然暈眩、病倒，爸爸跟奶奶都說，是因為住在桃園的外婆罹患胰臟癌，媽兩地奔波照顧才會累倒。我終於忍不住，私下向爸與奶奶糾正這種荒謬絕倫的去內疚化論述。

我說，媽百分之百是積勞成疾，是長期以來大家都太倚賴媽……欺負媽的惡果。奶奶一直很壓抑自責地說：「我早就在勸媽，不要這麼累，不要這樣一直寵爸。」但她始終無法沒有替媽說過一句話，也沒有理解過為什麼媽有時候忙到沒時間一邊顧店、一邊煮飯。

爸爸則說他沒有推卸責任，但仍強調奔波桃園這個引爆點，彷彿沒有引爆就不會有事似的。說實在，我還很感謝這個引爆點，不早點炸出這個悲傷的事實，媽就不算「早期發現、早期治療」。

總之，都到了這種地步，大家還是盡力不內疚，將病因推到媽照顧外婆的奔波上，讓我幾乎要爆發。非常憤怒。

這幾天大家都很累。媽平日的工作分給所有的人，大家還是忙不過來，或做得很差。

奶奶總算明白這個大媳婦有多麼完美，卻得用最可憐的親身體驗的方式。可憐到我沒有辦法多去責怪奶奶，只有安慰她媽終究會好起來。

媽病了，爸常在親朋好友面前感嘆「我老婆病了，最近我才去二十多年來都沒踏進過的信用合作社處理事情，竟發現我什麼手續都不知道怎麼辦……」這樣的文法與句型，去讚揚媽的能幹。

我覺得很難過。很幹。

非常的幹。

〈小插曲〉

媽說著夢話醒來，睜眼就跟我討冰淇淋吃。

mom,kiss

「媽，我剛剛出去買早餐回來時，從護理站聽到很恐怖的事。」

「什麼恐怖的事？」

「聖誕節快到了，醫院的教會啊，就請來一個簡單的馬戲團為病童表演節目，可是一大早排練，魔術師養的老虎就不見了……現在在醫院裡偷偷躲起來，大家都找不到。」

「哎呀，那個是人裝的老虎啦！」

「是真的！剛剛我還聽到護士在點名，說有好幾個小朋友都不見了。說不定等一下就跑到隔離病房啦！」

「聽你在亂講。」

「是真的！我很怕我等一下去買冰淇淋回來，沒看到妳，卻看見一頭老虎躺在床上，肚子鼓得超大就糟糕。」

「那你就要擔心沒有媽媽。」

「放心啦，我會用剪刀切開老虎的肚子，把妳救出來。」

然後媽繼續睡，我打電話問毛搭上火車了沒。

「毛，跟妳說，很恐怖！」

「啥啊？」

「就因為聖誕節啊，醫院請來一個簡單的馬戲團，今天早上那隻老虎居然走失了，在醫院跑來跑去，然後……」

「吼！你不要說無聊的話啦！」毛掛掉電話。

果然不愧是毛。

她常常說，認識我不深的人總覺得我超幽默（她就是在這種情況下被我拐到的），實際上相處久了，才會發現我根本就是個超級白癡的無聊男子。

我等一下就要出去買冰淇淋啦。

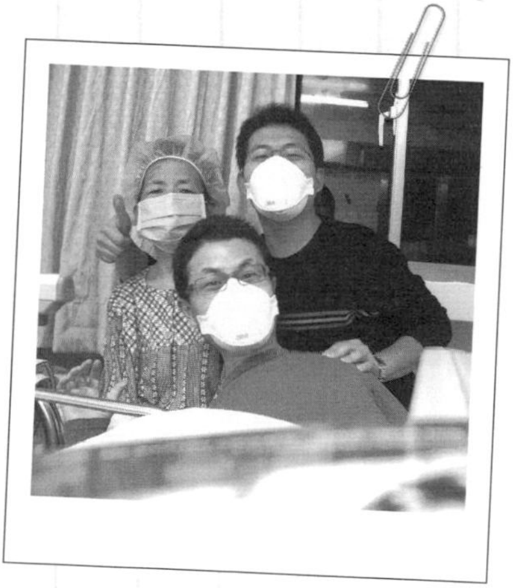

momkiss

2004.12.05

媽今天生日。

但一早奶奶就趕緊將我叫醒，緊張地問我要不要帶Puma去看醫生，我大驚，問為什麼，奶奶說Puma看起來怪怪的。

我衝下樓，弟弟抱著Puma坐在椅子上。

「剛剛Puma倒在地上抽搐，還發出哎哎哎的叫聲。」弟弟說。

Puma兩腳發軟，無法好好坐著，也幾乎不能走路，不吃東西不喝水，舌頭發白乾裂。但前一天晚上還好好的啊！怎麼會突然變成這個樣子？

我嘆了口氣，緊張的心情消失，替之以無可奈何的寂寞。

接手抱過Puma，牠小小的身體幾乎不剩半點力氣，軟趴趴的一團帶毛的肉。

「Puma，你要回去了麼？」我心疼地說，但語氣出奇的平靜。

「你不要在那邊黑白講啦！」奶奶皺眉。

Puma在我國三的時候走進我的生命，算一算，已經十三個年頭。

十三個年頭了，當初的小可愛牙齒掉光光只好讓舌頭整天都露出半截，鬍子灰白，黃毛稀疏，不能快跑，爬不上樓梯，跳不下床，眼睛還有些白內障。一條標準的老狗。

Puma看著我，有氣無力地縮起身體。

我的手指放在Puma的胸口探測，牠的心跳時而飛快，時而緩慢。我將鼻子靠向牠的嘴，牠卻沒有伸出舌頭舔我。Puma看起來很虛弱。

「Puma你怎麼這個時候出來搶戲，明明就不是你登場的時候。」我抱著牠，感覺牠隨時都會閉上眼睛、一覺不醒。

如果媽沒生病，當時的我一定會哭出來。

但我很壓抑激動的那部分，選擇了接受。

我曾經帶過Puma給獸醫看過感冒、看過尿道結石，兩次放在冰冷的金屬板上，兩次Puma都嚇得全身顫抖。那副模樣我至今無法忘懷，可能的話，我不願抱孱弱的牠去獸醫那裡，聽一些我覺得很痛苦難熬的話。

有人說，一條狗一輩子只會認一個人當主人。

很榮幸，Puma選擇了最愛牠的我。

我一直都很害怕Puma會在我在新竹念大學時、台中讀碩士班時、在台北寫作時，甚或未來當兵時過世。我一直很希望牠能在我的懷裡闔上最後一次眼睛，並認為牠也是如此想法。

如果Puma選擇在此時與我道別，不也是契合我們彼此的願望？

十三年，也許夠了。雖然我會好傷心。

今天多災多難。哥從醫院回來換爸去陪媽，哥說媽昨晚發燒到38.7度，而對面床的吳媽媽發燒到39點多度，發燒到眼睛快要看不見，也開始吐，讓媽很害怕。而負責照顧吳媽媽的吳先生似乎感冒了！天，真糟糕，那可是保護隔離病房啊，萬一傳染給病人就慘了。希望大家的燒都快退，專注在跟癌症的PK上。

下午送毛坐統聯回板橋後，我們三兄弟又跑去附近的觀音亭拜拜，祈求菩薩作主化解媽與冤親債主的恩怨，並擲筊問卜。

回家後，哥提醒我，認為Puma說不定是營養不良才會沒有力氣，而不是大限已到，哥說奶奶都亂餵Puma吃東西，餵什麼發糕、饅頭的、放著一碗久沒動過的蒙塵狗飼料，營養超不均衡，他看了就有氣。

我想想，的確有可能。想起了大二那年Puma重感冒瀕死的模樣。

那時候我聞訊趕搭夜車回家，一進門，看見媽正拿著注滿牛奶的針筒插進Puma的嘴角，強灌些營養，但Puma一看到我回家，立刻狂吐奶，跌跌撞撞向我走來，我含淚抱起興奮卻虛弱的Puma；媽說，真難得，Puma什麼都吃不下也不動，看見我卻轉了性。

那天晚上我在Puma旁睡覺，但睡得極不安穩，只要Puma太久沒動，我就會探頭過去，觀察Puma有沒有忘記呼吸，深怕一不小心，就錯過了Puma過世的悲傷瞬間。

隔天，我就開始用自己的方式治療Puma。我在熱白飯裡澆上肉湯，再倒入大量的肉鬆，放進自己嘴裡大嚼成泥後，再放在手心讓Puma舔吃。Puma賞臉，只要我餵的，牠就會嘗試吃幾口，食慾一開，之後就越來越有力氣嚼東西。

兩天後，Puma因感冒流失的體力漸漸回復。

又多陪了我好些年。

今天晚上我去夜市買了個豬肉鐵板燒便當回來，還多加了個蛋黃不熟的荷包蛋。我將超香的豬肉片與肉湯混進飯裡，擠破蛋黃，攪一攪，然後按例吃進嘴裡咀嚼成泥，再放在掌心。

momkiss

Puma嗅了嗅，滾爬到角落，不吃。我用手指沾了點塗在他的嘴邊，Puma才勉強吃了一口。吃了一口，精神就來了。

「哈，很好吃吧，再多活兩年，湊個整數陪二哥十五年，我們再說再見。」我很開心，看著Puma慢慢吃著掌心上的口水豬肉蛋黃飯糰。

總共吃了三團，Puma才懶趴趴地躺下休息。

我很感嘆，媽在家的時候，Puma吃得可好。

說過了，媽會很自然地喜歡上我們兄弟喜歡的東西。

每次媽買蒸餃回來，都會將皮剝開，將裡頭的餡夾給Puma吃。每次媽炒麵，都會將裡面的瘦肉或蝦仁仔細挑出來給Puma吃。每次都這樣，搞得我大怒，只好命令媽Puma由我餵就好，媽妳給我乖乖吃自己的就行了，不然媽從頭到尾都在吃麵皮。

Puma生病了，媽會認真灌藥，灌到最後

Puma只對媽一個人服氣，除了媽親自動手誰也別想叫Puma乖乖躺好把嘴巴打開。家裡也只有媽跟我會幫Puma抓跳蚤。媽也是家裡第一個放棄叫我不要抱Puma睡覺的人。

昨天將緣分不深的Kurumi從阿和家接出，送去我哥女友家寄養，而阿和剛剛打電話過來，約哪天讓我請客慶功，約完了日子，阿和突然有感而發，說打完球回家，沒見到Kurumi真寂寞。

「養隻狗吧，跟狗相處可以讓一個人的心變柔軟。」我說：「說不定還可以交到很好的女朋友。」

這是真的。

能帶給一隻狗幸福的人，一定是個渾身充滿幸福能量的傢伙。

看見Puma又開始用眼神祈求我帶他出去撇條的樣子，看見Puma又在亂抓地板的樣子，我忍不住想……今天上午Puma在地上抽搐哀號的聲音翻譯起來，應該是：「我～快～餓～死～啦！」

2004.12.07

今天還是很擔心Puma，Puma復元的進度停滯了，甚至開始衰退。

Puma又開始無精打采，懶得去動罐頭肉塊，我得用手抓碎，弄得糊糊的放在掌心，Puma才會試著舔舔看。然後下顎明顯失去力氣，Puma必須靠搖晃腦袋將肉穩在嘴巴裡，吃了十幾分鐘，許多碎肉塊沾了一地。

我想起了哥說的，有時候人養的狗狗會替主人「應劫」，這樣的鄉野傳說。

Puma跟媽很要好，我們三兄弟幾乎都不在家，都是Puma這個狗兒子在跟媽相處，若Puma立志替媽應劫，坦白說我會既感動又高興，不忍心阻止。

但有沒有這回事，還是個謎啊！

前天晚上輪我睡家裡，我抱著Puma，牠全身軟得不像話，虛弱地趴在我懷中，一起躲在羊毛被裡許久。這很奇怪，Puma通常沒耐性讓我抱這麼久，他習慣窩在一旁，而非讓我瞎黏著，全身都是毛的牠會熱到抓狂。Puma大概讓我抱了十分多鐘，很不尋常。

緊閉著眼睛，Puma的呼吸非常急促，氣一直從乾燥的鼻孔噴啊噴的，此刻我又進入相當平靜的狀態。我摸著Puma，認真又感傷地說：「Puma啊，如果你覺得真的很累了，那就死掉吧，沒關係。不過你要記得跟菩薩說，說你要投胎當二哥哥的兒子，知道麼？二哥哥叫柯景騰，如果你不會說，二哥哥也會跟菩薩講……」我口無遮攔地說著。

就這麼斷斷續續，又熬了一個晚上。Puma換了很多姿勢，就是睡得不安穩。

第二天，又輪到我去醫院陪媽。

在來醫院之前，我跑去買了幾個給狗寶寶吃的特製罐頭，想說Puma沒了牙齒，家裡沒有願意徒手碾碎肉塊的我，讓牠吃些事先碾碎的肉塊比較好。

但打開了的罐頭放在地上，Puma去連嗅一下都不肯，身體一直坐或躺，起來走幾步路都意興闌珊。眼睛骨溜骨溜地看著我。

我捏了點碎肉在手指上，又沾又騙的，Puma才勉強吃了點。

唉，這樣教我怎麼放心去醫院？鄭重地交代奶奶要多費點心神去餵Puma，不要以為肉放在地上Puma不去吃就是肚子不餓、要想辦法捏在手上誘引等等。

但我心底知道，這些提醒都是多餘的，畢竟我的手跟別人的手，對Puma來說當然不一樣。

在媽面前，我藏不住祕密，憂心忡忡跟媽說了Puma好像沒有好起來，又快死掉了。

「應該快點餵Puma肝藥加風速克達（一種感冒藥水），以前Puma怪怪的，我就是這樣子餵他。」媽躺在病床上，打手機給哥，交代他務必這麼餵Puma。

我趴在病床旁的欄杆上，希望媽是對的。

哥上了台北找論文指導教授，弟弟也跟著上去。再度只剩下我。

momkiss

2004.12.08

早上，在輸血小板之前，發生了一件讓我超級內疚的事。

護士定期幫媽抽血檢查血液成分的比例，針抽出後，護士要我幫忙壓住傷口，我依言做了，卻不夠大力。結果十分鐘後，媽被抽血的手臂處瘀青腫脹了一大塊，我簡直傻眼。

「那個是因為血小板不夠啦，所以血管比平常還要容易破裂，以後要壓大力一點。」護士解釋，媽也說了我幾句。我有夠想撞牆。

而媽開始觸目驚心的咳血。

同樣是因為血小板嚴重不足的關係，不管是喉嚨黏膜或是肺部的微血管，都很容易因為劇烈的咳嗽受損，加上空調的空氣有些乾冷，黏膜比平常更容易乾。

媽將一張張衛生紙小心翼翼包住咳血，一邊看著我們兄弟記錄的溫度表，研究自己發燒的週期與規律，並開始指揮我跟護士討退燒藥。

「我很不想再發燒了。」媽說，解釋自己很可能在接下來的半小時內發燒，而溫度計也的確顯示媽的體溫正緩步爬升中。

我的心一直揪著。為了平復對媽咳嗽的不安，我又開始抄寫心經。

護士終讓媽吃了退燒藥。媽開始盜汗，我拿毛巾幫忙擦著媽浸溼的背。

我又說起了Puma，我很擔心牠會在我不在家的時候死掉。

「說不定Puma是看我都不在家，知道我生病了喔，所以牠才跟著生病。唉，你們不在家的時候，我都馬跟他說話……」媽說，似乎有點堪慰Puma的心有靈犀。

媽正在發燒與溫燙中徘徊，左手注射抗黴菌的藥，右手輸著血漿。而長得很好玩的十二包血小板，剛剛才注射完畢。

「一定是這樣啊，所以媽，妳把眼睛閉起來。」我說。

媽聽話，把眼睛閉起。

「媽，妳現在開始從彰基回家，然後去看一下Puma。」我說。

媽點點頭，半皺起眉頭。

我可以感覺到媽腦中的影像正如電影膠卷抽放著。

「我現在走到彰基樓下了，我要騎腳踏車回去了喔。」媽說，眼睛依舊閉著。

「好啊。」我欣然。

「我看到Puma了，唉，我要跟牠說什麼？」媽睜開眼睛，問我。

「就說Puma你趕快好起來啦，要努力吃東西。」我說。

媽又閉上眼睛，嘴巴喃喃有辭一番。

「說完了，我要回彰基了。」媽說，像是鬆了一口氣。

「嗯，快回來。」我同意。

「好累，騎這麼久，好喘。」許久，媽又睜開眼睛。

「嗯，Puma一定會好起來。」我點點頭，很感動。

然後媽繼續睡，我則一邊抄寫心經一邊監視血漿的注射進度。

好不容易血漿打完，媽醒了，燒也退了，護士注射的止咳藥水也生效，媽不再那麼大力地咳嗽。

媽坐起來，在床上寫一些身體狀況的記錄。真容易就認真起來。

我很睏，精神非常渙散的我竟然什麼小說都沒辦法進行。我決定好好睡一個小時。

鋪好了床，設定好手機的鬧鈴，我為即將入睡休息感到很雀躍。

「媽，我回去找Puma一下。」我說，翻過身子，抱著棉被。

「好啊，你可以騎我放在彰基樓下的腳踏車。」媽說，推推眼鏡。

我心頭一震。

媽啊，妳簡直是小說對白之神啊。

如果大家都可以好起來，該有多好……

2004.12.10

我很喜歡在病床旁摸媽的手，輕輕觸弄點滴管旁的幾條青色靜脈，壓著，滑著，逐一拉拉手指。然後握住。

細心照顧一個人，可以讓自己變溫柔。

儘管如此，透過媽媽生病這件事讓自己明白這個道理，還是很殘酷。

為了避免感染，不管做什麼後都要勤洗手。進出隔離病房要用紅色的刺鼻消毒水徹底洗淨，上廁所後跟吃飯後也要用洗手乳搓拭，還要提醒媽跟著做。洗到手都變富貴手，碰著了衣服都會扎啊扎的，要用乳液潤滑，當然也得幫媽做。

媽的鼻孔裡有個很難癒合的傷口。在用棉花棒沾藥膏塗抹傷口前，媽提醒我要用生理食鹽水洗淨棉花棒，再沾上薄薄的藥膏，塗的時候屏氣凝神，生怕弄痛了媽。

怕飲水機裡的水不乾淨，哥堅持媽只能喝罐裝的礦泉水，還指定牌子。而吸吮礦泉水用的吸管還必須是7-11那種用紙封包好了的，比較不沾灰塵。照規矩，一罐礦泉水搭配一支吸管，水喝完了就一起丟，絕不戀棧。所以每次去便利商店，我都要像小偷一樣多抽兩根吸管備著。

但礦泉水沒有人在賣熱的，所以該死的熱水問題到此刻還沒妥善解決。

哥很龜毛，就算要將礦泉水倒進醫院附在每張隔離病床旁的熱水壺，我哥也懷疑熱水壺可能不乾淨，即使我洗了兩次。但這樣搞下去，媽永遠都沒有熱水喝，只能靠我去跪護士讓我用微波爐熱7-11的黑糖薑茶跟巧克力牛奶給媽暖身。

於是哥今天晚上去買新的、小一點的熱水壺。

喝水之前要逗媽喝安素（一種病人專用的營養補給液）補充蛋白質跟熱量，而喝安素後也要逗媽喝水漱口，將殘餘在口中的味道沖掉。喝了這麼多，又因為不斷注射藥劑、又常喝水的關係，媽的體液頗豐，當然更要鼓勵媽多跑廁所。

短短的距離可是媽珍貴的運動，多尿些，看看能不能將一些雜七雜八的東西多排出體外。

每次上廁所時都要將病床旁的欄杆壓下，一手扶著媽的背，一手拉著媽的右手起床，然後彎身將拖鞋擺好，眼睛盯著媽下床，手一邊將點滴袋從鉤子上取下。然後一手扶著點滴，一手用內勁黏著媽，慢慢走到廁所。

到了廁所，先將點滴掛在馬桶旁的鉤子上，用衛生紙將馬桶坐墊擦乾淨，然後觀察媽的狀況，隨時準備遞上衛生紙。為了方便（好吧，其實我是懶惰王），我將如廁時間調整得跟媽一樣，媽起身洗手時，我就跟在後頭尿，一次解決。當然，還得洗手又洗手。

媽吃完東西後要倒點含酒精的免洗手液在媽手上搓搓。比較貴的維他命凡士林要塗在媽的嘴唇，比較便宜的凡士林要塗媽的腳。但我還是常被媽提醒才想起該這麼做。

每天為媽準備的三餐內容，更是挑戰。

媽的胃口因為這陣子都躺在床上缺乏活動變差（或許施打的藥劑也有副作用的關係吧），但醫院附近的店家所賣的東西變化有限，不外乎炒飯炒麵便當菜，要將媽餵得飽飽的，就得眼睛睜大點，觀察媽吃什麼東西剩得較少，下次還可以再買。記憶力也得好點，記住媽曾說過她想吃什麼，今天買不到或店沒開，就下次再去買。

曾經買過媽嫌太辣的咖哩飯，失敗。沒關係，立刻跑下去買牛肉鐵板飯彌補，可惜媽為了找出、過濾可疑的過敏源不吃牛肉，而再度失敗。至於媽只吃一點點或沒吃的東西（或應該歸類為買錯），自然就變成我的下一餐。

有些東西熱熱的吃才對味。為了保持珍貴的熱度，一定要最後才買鱸魚湯或茶碗蒸，然後用拉肚子跑廁所的速度衝上醫院七樓。前天在夜市買了一個割包，揣在羽毛衣懷中再飆車到醫院，丟給顧媽的哥。

「快問媽她吃不吃割包！如果不吃的話我立刻再下去買！」我喘氣。

「幹。」哥看著手中剛接過的割包，不能理解。

保護隔離病房的玻璃門在我們之間關上。

五分鐘後，哥打電話給我，我正在醫院下悠閒地發動機車，準備回家。

「幹，你忘記買冰箱要放的飲料了！」哥說。

嗯，只好再走一趟了。

柳丁汁也是一樣。

醫生說因為某藥劑的副作用是流失鉀離子，補充的方法除了在葡萄糖液點滴中加入黃黃的鉀離子外，就是多喝新鮮的柳丁汁。

但7-11的每日C柳丁汁味道太重或多少有點苦味，路邊攤販的現榨柳丁汁又肯定不夠乾淨，所以哥跟弟堅持必須在家裡處決柳丁再送去醫院給媽喝。

今天晚上輪到弟顧媽，他也很龜毛，規定我非得用一把只能殺柳丁的刀宰柳丁，去買一塊新的、從此只能用來切「給媽媽牌」柳丁的砧板，然後再去買一塊特殊的棕色小黃瓜布，專擦今後喝完柳丁的塑膠杯子。

大家都卯起來龜毛！

但我想我們家所有人不是突然罹患猛爆性的潔癖，而是想在所有能想到的地方去保護媽。

momkiss

人家說久病無孝子，似乎再溫柔的呵護都有極限。

前幾天我一直覺得同病房的吳先生對太太很溫柔，相處的兩個星期以來，吳太太都是他一個人獨力照料，三個兒子三個媳婦都沒見過半次，但每次吳先生買餐點達陣的速度都比我快，太太發燒時會急著向我們這邊借耳溫槍。勤快又辛苦。也曾看過吳先生細心地捧著太太的腳，一言不發地幫剪著腳指甲，那個畫面令我異常感觸，因為不曾看過爸對媽做出類似的體貼。

但哥說，他也曾看過吳太太偶爾跑廁所的頻率高些時，正在睡覺的吳先生會突然暴躁地埋怨：「什麼又有尿？我看妳是膀胱無力！」我想這麼吼只會害吳太太嘗試憋尿。

沒有極限的溫柔不是不能期待，畢竟在媽的身上，一直都散發著這樣的無盡付出。例子太多太多，過幾天我想來寫個這輩子影響我個性最深的十大事件之首。

我並不期待「久病出孝子」這樣的自許，因為我對「久病」這兩字很畏懼，意味媽要受很長的痛苦。

但陪伴是一種不計代價的真心與共。以前是，現在是，以後也一直都會是。

因為不管我閉上幾次眼睛，號稱地上想像力最強生物的我，也浮現不出媽離棄我而去的畫面。

2004.12.11

據說，沒有發燒的情況滿五天，就可以拿到出院的門票。

昨天吳先生夫婦搬出保護隔離病房時，我們都很羨慕，不是因為可以出院，而是媽每天至少發燒一次，代表媽的抵抗力還沒準備好，有待培養。

昨天的血液報告出爐，媽的血紅素數值是九，血小板是兩萬，白血球帳面數字是七百，但可以用的白血球只有三百左右，其餘的白血球都是畸形化的怪物，都是廢柴。

「真正可以用的白血球至少要到兩千，才能出院。」哥說。為各位複習一下，正常人的白血球單位數量是一萬。

但吳先生離房的態度，留給我們一坨很差勁的印象。

那時是哥在病房。哥說，吳先生開始搬東西時，居然已經換上外出時的鞋子在隔離病房裡踩來踩去，隔離衣不爽穿、口罩也不屌戴，一旁冷眼的哥整個怒起，連護士也看不過去，出聲斥責吳先生太自私，吳先生這才收斂。

對了，說到這個護士，對我媽真的很好。

她叫王金玉，跟媽很有得聊，眼睛細細的，講話很簡潔俐落，聽過幾次就可以在腦海裡輕易重複播放，金玉姐的鼻子嘴巴就蒙在口罩裡看不見了。

金玉姐有兩個小鬼頭，也是個媽媽，或許是看多了我們兄弟輪流陪媽吧，她會很在意媽的情緒跟病況，這點讓我們很窩心。

也因為媽曾是護理人員，金玉姐會跟媽解說每個治療步驟背後的原因。如果我媽的點滴裡的加藥打完了，金玉姐一時忙不過來，我幫她關掉點滴，金玉姐會跟我說謝謝。

「金玉，妳會讓妳的女兒當護士嗎？」媽問，是個超猛的裝熟魔人。

「不會。」金玉姐有些錯愕，隨即很篤定地說：「當老師比較好。當護士每天要輪三班，很累。」

是啊，當護士很累，我在旁邊就可以輕易觀察得出來。

金玉姐說，很多學護理的學妹都沒有真的在醫院裡待下來，因為太累，壓力很大，有些小護士甚至在試用期就受不了跑掉，或是連違約也不管了，就是一口氣要逃。如果去私人診所，又不見得比較輕鬆，在名醫身邊超累，在庸醫身邊又可能得打雜、帶小孩。

從護士很熟練的動作中，我覺得當護士很強，不愧是有勇氣留下來的人。很強的人必然是少的，不然「很強」的定義就失卻了意義。

照顧媽的護士，幾乎都很好，有的很會嘻嘻哈哈，有的超可愛，共同點就是很強。

有的護士一開始看起來比較冷漠，但最後還是會被媽跟哥的亂聊給攻陷。我對與護士之間的互動就遜多了，除了跟媽亂講話的大部分時間，我都捧著iBook在寫各式各樣的小說，寫陪伴記錄與回憶，有護士問起我在衝蝦小時，我也只能不知所措地說我在寫小說……如果媽不拿出她夾在枕頭底下、那張百萬小說獎頒獎的照片的話。

在哥的建議下，我靦腆地送了一本《等一個人咖啡》給金玉姐。她好像不會看，不過還是跟我說謝謝。

等到《愛情，兩好三壞》出版時我想多送幾本給護士，將來這本陪伴文學自然也在贈書行列之中。至於《樓下的房客》，我看……我看就算了吧！

〔小插曲〕

「媽，我跟妳說，姑討跟老曹終於在一起了！」我趴在病床欄杆上。

姑討跟老曹都是我從國中就很要好的老朋友，媽也熟，畢竟常聽我說這群十幾年朋友的蠢事。

姑討跟老曹雖然曾追過女孩子，但都被發好人牌，所以都沒交往過女朋友。

「在一起？」媽狐疑。

「對啊，他們宣佈他們開始交往了，很色，不過沒辦法。」我感嘆。

「聽你亂講，等彰基那隻老虎抓到了再說。」媽不予理會，繼續發她的呆。

「真的，妳沒注意到他們都沒交過女朋友麼？」我正經八百。

「……」媽皺眉，開始思索。

我唬爛有一個原則一個特色。

原則是，事前絕對不打草稿，且戰且走，這樣才有戲弄的意味，而不是居心叵測的刻意欺瞞。一邊進行中一邊「激盪對方無窮的想像力」，是我的拿手好戲。

特色是，隨時補充真實的共同記憶，增加附帶的胡說八道的可信價值。就算是天馬行空絕不會引人相信的事，我也會當作一個故事把它好整以暇地圓完。

而唬爛的勝負，現在才要開始。

「我想想，這樣也好，姑討跟×××跟楊澤于跟老曹之間的四角戀愛，終於有了定案。」我感嘆。

×××跟楊澤于也是我的國中老同學，不用說，根本不是這麼一回事。

「啊？他們也是同性戀？」媽震驚。

「對啊，×××後來交了日本女朋友，退出了四角關係，不過那個女友其實是掩人耳目的空包彈，騙人的。我是替他們覺得很累，這下子楊澤于失戀了，看著姑討跟老曹在一起的樣子，他應該是超痛苦。」我說。

媽一臉不信。

「我不相信。」媽說。

「是真的，爸不是有跟妳說，那個姑討他爸昨天不是來我們家找爸？」我腦子疾馳。

「好像有聽爸說過。」媽說，開始跟上我的想像。

「他爸表面上是來問爸我得可米瑞智小說獎的事，但其實他是來求我勸勸姑討，叫他跟老曹分手，試著跟女生交往看看。」我說，合情合理吧。

「真的喔？」媽一震。

動搖了。

「姑討他爸是還好啦，他媽就哭慘了。他媽現在超賭爛老曹的，如果妳在家，她一定會跑來跟妳罵老曹。」我說。

姑討他媽跟我媽也認識，我們都住在同一條單行道的街上，門牌僅僅差了七十號。

「幸好姑討住在台中，不然一定被他媽煩死。」我一攤手。

「姑討住台中？」媽回想。

「對啊，他在台中的中華電信工作啊，當然住台中。」我說，這也是真的，不過不是重點。

唬爛的奧義，就是不能光在重點上打轉，要狂說大家都知道只是不見得立刻想起來的廢話，不著邊際也沒關係，別急著用太多的邏輯圓謊將唬爛填得飽滿紮實些。太刻意反而會弄巧成拙。

「哎，怎麼會這樣……他媽現在一定很擔心。」媽開始擔憂。

「不用這樣啦，現在男生愛男生也不奇怪啊，很正常啦，我們這個世代早就覺得沒什麼了，我們這群朋友都馬很祝福他們。」我笑道。

「我替他媽傷心啦。」媽嘆氣。

「禮拜五晚上我不是要跟大哥換班，去跟阿和他們吃飯？」我提起。

「對啊，你不是要請客？」媽說。

扛了一百萬，不請一下多年好友說不過去。

「那個是表面上，其實姑討跟老曹是想趁大家一起吃飯，宣佈他們正式在一起。」

我說：「我還打算起鬨叫他們當眾接吻咧！」

「不要這樣啦，你就靜靜在旁邊看就好，不要起什麼鬨。」媽叮嚀，捏著我的耳朵。

是的，遵命。

禮拜五晚上，我在請客時將這臨時起意的KUSO騙局說一遍，大家都笑翻了。

正好老曹多叫了一堆酒喝不完，白花我的錢。我說：「幹，你給我去跟姑討合照一張相，我就原諒你亂叫。」

於是，老曹跟姑討義氣贊助了一張笑得很奇怪的合照……

2004.12.16

隔了好多天才做記錄，因為很多事一下子都走了調，我也因為接單手機簡訊小說，必須在月底前寫出很有趣的短文。

先說說好一條老狗Puma。

Puma在媽媽神奇的配方下初顯活力，後來又在內疚的奶奶刻意照料下，完全回復「嚴重營養不良」前的頑皮模樣。

奶奶不敢再用繩子硬拖Puma去尿尿，改成用抱的，然後又蹲在地上將Puma不屑一顧的飼料磨成粉，摻在我買的狗寶寶罐頭裡引誘，Puma嗅了嗅居然全都吃光光。能夠吃光光，Puma基本上就沒問題了。這成就讓奶奶炫耀了好幾天。

在我將Puma的慘狀貼在網路上後，許多網友紛紛獻策，我都逐一細讀，心中很感動。大家愛屋及烏，都很善良。其中有網友強烈建議我一定要帶Puma去看醫生，甚至用指責語氣說我這個當主人的太自以為是、沒將狗的生命當一回事，或是誤以為我已經決定施法讓Puma去頂媽的命（太玄妙的指控啦！），我也沒辦法生氣，許多事只是欠了些解釋。

這解釋，還得牽繞回媽的身上。

與Puma相處的這十三年來，Puma一共四次面臨生死交關。

第一次，忘了Puma幾歲，當時家裡店面還沒重新裝潢，Puma得了重感冒，整天無精打采、打噴嚏流鼻水。媽首次創造那感冒藥水加肝藥的霹靂處方，用針筒強灌進Puma的嘴，救回牠的小命。當時我才高中，就紅著眼胡亂跪在菩薩面前要過十年命給Puma，還被哥罵。不過這不算什麼感人的奉獻，畢竟我立志要活一百歲，單單扣掉十年可說不上誠意。

第二次，就是我前面提過Puma重感冒全身無力、灌牛奶還反吐出來。那次有去看寵物醫生，但醫生只是叫Puma多休息，在此之前我已經開始嚼碎飯肉餵Puma了。

第三次，堪稱是最嚴重的一次。Puma居然無法好好排尿，只能用「滲」的。每次牽Puma出去逛逛，牠無法好好抬腿，就算努力尿了也只是滴個幾滴，但我知道牠明明就沒有排泄完畢，只是力有未逮，因為牠開始在家裡到處無預警地亂尿尿，根本阻止不了。若要耐心等待Puma在外頭尿完，Puma本身卻沒這個體力，有時連抬腳都省了，跟母狗沒兩樣。

很糟糕。

而Puma也越來越坐立難安，體力大幅衰退。但我還是照樣抱Puma去樓上睡覺，縱使牠老是尿在我床上，甚至還噴在枕頭上，然後一臉「啊，誰叫我老了，整隻都壞掉了」，害我只有內疚跟想哭。

起初我無法容忍床單都是尿漬，畢竟床單都是媽在洗，會讓媽很幹，我也會被罵。但一把Puma放在床下地板，牠又會淒慘哀號，不斷用僅剩的力氣前撲，想搆上我的床。

於是我想出兩全其美的辦法。

因為Puma會徹夜不定時滲尿，所以我時醒時睡，一發現哪裡溼掉，我就拿一疊衛生紙蓋住吸收水分，然後繼續睡，第二天再將一大堆黃黃的衛生紙拿去廁所馬桶沖掉，免得被媽發現我的床其實已經被Puma的尿攻陷。

但尿味是騙不了真正睡在床上的自己，每天晚上睡覺都聞著尿臊味入眠，而狗就是這樣，尿味越重，他就越覺得可以尿在這裡，於是Puma尿得不亦樂乎。

就這樣，大概有兩星期我都過著很緊張、怕被媽發現床上到處都是尿漬的日子，所以中午醒來，棉被都是打開將床蓋好，而不是折疊起來。

現在回想起來，還真是世界奇妙物語。

當時Puma已經十一歲，老態龍鍾，只剩下一顆黃黃的臼齒，滲尿滲得這麼悲慘，當然有送去給獸醫看。

Puma全身瘋狂發抖坐在冰冷的鐵板上，尿又開始滲出。

momykiss

「幾歲了？」獸醫皺眉。

「十一歲了。」我很替Puma緊張。

「是尿道結石。」獸醫猜測，要我抱Puma去照張X光再拿給他判斷。

我照做了，答案果然被頭髮灰白的獸醫命中。

獸醫說，結石的位置很深，所以他無法用最簡單的器具掏出，只能走上動手術一途。

「這個要動手術，不過我這裡沒辦法做，要去中興大學的獸醫系去排，那裡才有比較好的氣體麻醉。」獸醫建議，接著解釋一些手術設備的闕如問題。

「動手術……是怎樣？」我竭力冷靜，努力安撫劇烈顫動的Puma。

我忘了獸醫當時怎麼跟我上課的，但我記得清清楚楚的是，Puma這麼高齡的老狗，很可能就算手術成功，他也會因為麻醉的關係而醒不過來。

「醒不過來？怎麼會醒不過來？」我幾乎是亂問一通。

「只能說牠太老了，麻醉的劑量不見得準，就算準牠也不見得醒得來，或是手術一半就死了。」獸醫仔細解釋。其實這獸醫人很好，他很清楚我在超級害怕。

「不動手術的話會怎樣？」我呼吸停止。

「會死掉啊。」獸醫用最專業的自然口吻。

「一定會死掉嗎？」我很慌，到現在我都還記得兩腳發冷的感覺。

「百分之百一定會死，而且會死得很痛苦。」獸醫也很遺憾。

是啊，尿不出來，一定很痛苦。

所以一定要冒風險動手術，如果可以昏昏然地過世，也比憋尿爆炸而死還好。

於是我很傷心地回家，開始問當時在中興大學念書的朋友要怎麼去掛獸醫系的診。

當然，也跟全家人說了Puma可能會因此喪命，要大家接受Puma要去中興大學手術的風險與事實。

媽說，她來試試看。

就這樣，媽將「人類吃的」、「清腎結石」的藥磨成粉，加一點牛奶還是什麼的，每天用針筒灌進Puma的嘴縫，之間佐以那帖奇妙的綜合藥水加強Puma的體力。媽說Puma很乖，都沒掙扎，彷彿知道我媽即將救牠似的。

Puma活了下來，現在的粉紅色小鳥不只會用力射尿，還會抱著我的小腿射精。

與其說是藥發生了作用，坦白說，在我心中，媽才是Puma的仙丹。從小在外頭發燒生病，一回家遇上了媽的照顧，常常奇蹟似快速復元，甚至有一回到家洗個熱水澡就康復的記錄。視Puma為子的媽，當然也溫柔地將Puma的痛痛帶走，扭轉了專業醫生口中的生命危機。

說完了Puma的部分，接著的是很令人扼腕的挫敗。

前天媽的痰送去化驗，看能否查出媽每天都會發燒的原因。結果十分荒謬，竟是肺結核。

是，就是法定傳染病的那一個！

但媽可是在保護隔離病房，進去要穿隔離衣戴頭罩戴口罩狂洗手換鞋子的那個保護隔離病房！在醫院高度戒護的地點，讓抵抗力最脆弱的白血病病人染上肺結核，會不會太令人錯愕、不解、抓狂、想大吼大叫！

醫生說，媽媽是在住院前已經感染肺結核。

問題是，媽媽在住院前也依照手續照了胸腔X光，但醫院並沒有說什麼。之後媽一直發燒又去照了一次胸腔X光跟超音波，醫院也只是懷疑肺部有些許積水。然後，現在告訴我們：「媽媽在住院之前就已經被結核菌進駐體內……」

我們幾乎來不及憤怒，去質疑這是否是嚴重又荒謬的院內感染，只是一個勁喪氣，連媽都罕見地露出很沮喪的表情。只能彼此安慰：「至少找到了每天發燒的病因，現在只要對症下藥就可以了。」

在這麼亟需醫院照顧的時候，我們即使很幹，但還是無奈地將媽從醫院最嚴密的地方，送進醫院最危險的地方，與肺結核病人共住的隔離病房。

當初癌症住的是正壓房，氣體只能從房間流出去、卻不能從外界流入；現在肺結核住的是負壓房，氣體只能從外界進去、但不會從裡頭流出來。

我們與媽接觸的人這幾天都依法令去衛生所照X光檢查，目前據說沒事，幸好。不然可以照顧媽的人力就會短少，我想都不敢想。

於是，就這麼大包小包從七樓搬到九樓。

首先，口罩升了一百個等級，從薄薄淺綠色的醫護口罩，一躍成了自費的N95口罩，一個75塊，兩天須換一次。

再者，還是一樣用腳控制一道又一道厚重的玻璃門，但多了一道塑鋼門，必須要轉開喇叭鎖，再配合另一手壓轉橘色的鈕才能進房。

進房後，是一連串的噩夢。

隔壁床也是個肺結核病人，生病住院遭隔離沒人願意，所以沒什麼好怨的。但很不幸，隔壁床的病人家屬是九樓大聲公比賽的冠軍。

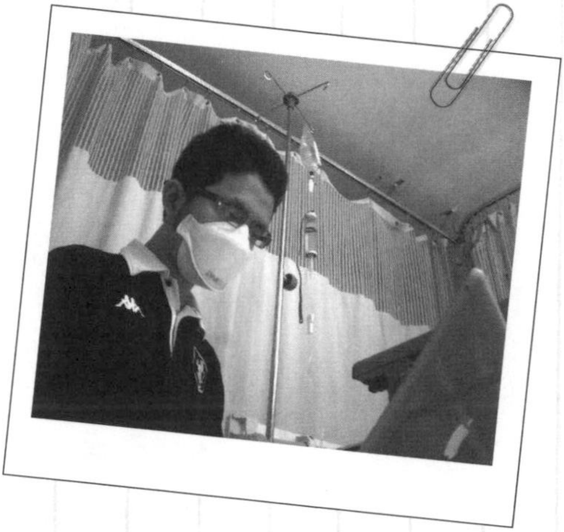

病人是個經常處於昏睡的老人，照顧他的女兒大約三十五歲，是個無法分辨出口話與內心話的角色，裝在喉嚨的音量調控鈕也整個壞掉，碎碎念的聲音跟一般人演講比賽沒有兩樣，更不用提她奮力向護士抱怨醫生等等時的聲嘶力竭。

她好像，根本就沒注意到房間裡還有個病人？

她的父親白天一直睡叫也叫不醒，晚上不睡便一直吵，所以到了半夜便是大聲公比賽開始，有時她的媽媽跟她吵起架來、或共同指揮護士，那就更添精彩……如果媽不是被迫當觀眾的話，我會當作一件很KUSO的事來笑。

她的病人父親嘔吐，她會一邊收拾一邊狂罵。不小心尿床，她會瘋掉。病人父親一直不想坐起來、灌食用的乳漿太濃、醫生一週只來看病人兩次等等，她已經跟護士抱怨、用內心話狂念好幾次，最後動用議員打電話去院長室幹罵。等到醫生真的來了，她又噤聲唯唯諾諾，醫生後腳離開，她又會跟她媽一起怒罵怎麼會有這樣的醫生，然後開始醞釀怎麼跟護士施壓。

暴吵！

媽吃了三顆安眠藥也無法入睡，連續兩天晚上幾乎都輾轉反側，昨天還哭了。媽睡不著，連帶我們也不可能安心睡；我還好，至多就是寫小說到天亮，哥就慘了，他一本汽車雜誌已經倒背如流。

在極度疲累的煎熬下，我跟哥一換手回到家，倒頭就睡三小時。

在不曉得要相處多久的情況，媽一直竭力阻止我跟哥去「溝通」，尤其對方一副死台客樣。爸有一些醫界的朋友，正在想辦法動用所有可能的關係換病房，但我想機會渺茫，畢竟這是法令強制的疾病控管，其他的隔離病房若滿了，我們還是得死守在這幹你娘吵死人的地方。

「那現在化療的節奏要怎麼調整？」我問。

醫生說，殺死癌細胞的藥劑得先停掉，暫時專注在與肺結核的作戰上。

「那大概還要在這裡待多久？」媽有些困頓。

醫生說，至少兩個禮拜，等到肺結核菌的濃度不具有傳染性的時候，就可以換房。但是肺結核的藥必須連續吃九個月到一年，並定期檢查有無殘留。

心情很糟。

唯有看見媽熟睡、沒發燒的模樣，才能略感安心些。

2004.12.17

前幾天作家春子打了通電話給我。她最近常常這麼做。她說不只是病人需要鼓舞，陪伴的人也需要支持的力量，尤其她看了我寫的這分陪伴文學，覺得有些感動，希望能做些什麼。

聊了好些，春子提到以前比較憂鬱時常胡思亂想的東西，其中有個關於死亡的惡魔理論，很毛，但也毛得挺有趣。大意是，毛毛蟲不知道什麼是死亡，也不知道化身成蝴蝶是固定的生命歷程，毛毛蟲想，說不定所謂的死亡，就是破開蛹化的棺材後的美麗蝴蝶。死亡不過是另一個形態，或者，成為更好的自己。

然後我想起恐怖漫畫家伊藤潤二，有一個很邪惡的小短篇《惡魔理論》。校園裡頭流傳著一個聽過後、就會不由自主被迷惑，萌起自我毀滅念頭的理論，於是學生接二連三用各種方式自殺。

但通篇漫畫中，完全沒有提到這個令人好奇的理論內容。我想有三個可能：一個是伊藤潤二並沒有想到一個具強大說服力的理論。第二個，就算有強大的理論也不可能說服每個讀者，所以乾脆不寫。第三個，也是最可能的一個，則是根本沒必要。

我跟春子說，若伊藤潤二聽了她這套胡說八道，說不定就會採用。

或許是生命太美好，我對死亡的理論只有簡單幾個字：「別急著死。」

momkiss

如果確定可以蛻變成蝴蝶，那就更要好好享受當毛毛蟲時候的酸甜苦辣，畢竟蝴蝶變不回毛毛蟲，身為毛毛蟲的箇中滋味很難再體會一次。

這想法，也跟談戀愛是一樣的。

就算明知道對方不是真命天子，也要好好去愛。

因為你只能愛她一次。

現在是九點二十六分。哥去約會，我在伴床上寫完第七篇手機小說。

昨天媽開始看一本書，《從病危到馬拉松》，作者化名阿傑特醫師。書中說的是一位醫生罹患血癌的治癒過程，內容有血有肉，不光是說明治療過程而已。重點是這位醫生最後抵抗成功，還可以跑馬拉松炫耀體能，所以被我們列為優良讀物。

而剛剛媽要睡前，坐在床上，竟突然抽抽咽咽，軟弱地哭了起來。

我一個慌亂，坐到媽身邊摟住，遞上衛生紙。

「媽，怎麼了……大家都很愛妳呢。」我搓揉媽的肩膀。

「突然覺得很想哭。」媽說，身子縮起來。

書中不斷提到，病人在睡前常會處於崩潰邊緣，因為此時的寧靜最容易胡思亂想。我猜想，大概是這個原因？

但媽一邊哭，一邊提起書中的一小段，關於作者從佛書裡領悟的「海波觀念法」：想像自己坐在岸邊看海浪，看著海浪一波又一波不斷拍打上來。我知道它一直來，但我未必要做反應，要不要做反應由我決定。這個方法有兩個重點：第一，不要想消除那一直迎面而來的海浪，因為想消除也消除不了；第二，靜靜的看著它們，不一定要對它們做反應……

我納悶，不明白這一段有什麼好落淚的。

「檢查結果出來的時候，我不敢在樓下哭，只好去四樓哭，爸爸也在二樓哭，哭得很大聲……我從來沒看過爸這樣哭過，我突然覺得他好可憐。」媽的身子顫抖。

「嗯，爸真的很可憐，也很內疚。他現在在家裡都一直跟我們說，在醫院時要好好鼓勵媽媽，讓媽媽樂觀、堅強。」我說。

「我只是想到，以前跟爸爸在海邊，看著海浪一直打過來的情景。」媽哭著。

原來如此。

好可愛的媽。

「嗯，然後一起吃水果對不對？」我回憶。

「……你怎麼知道？」媽頓了一下。

「妳有跟我說過啊，是妳帶的水果，還裝在便當盒對不對？」我笑笑，此時可不是哭的時候。

媽點點頭，說，那是她在基隆念護專的時候，某個假日，爸來找她。

那是個應該叫外木山的地方，結果多年後才發現是美麗的誤會一場，只是個不知名的海邊。媽繼續說起那時候的事。

「那個時候爸有沒有比現在的我大？」我問。

媽搖搖頭，想了想。

「那時應該才二十二歲。」媽手中溼潤的衛生紙已經疊成一團。

「哇，比老三還小。」我說，真難以想像。

於是，才有了我們三個。

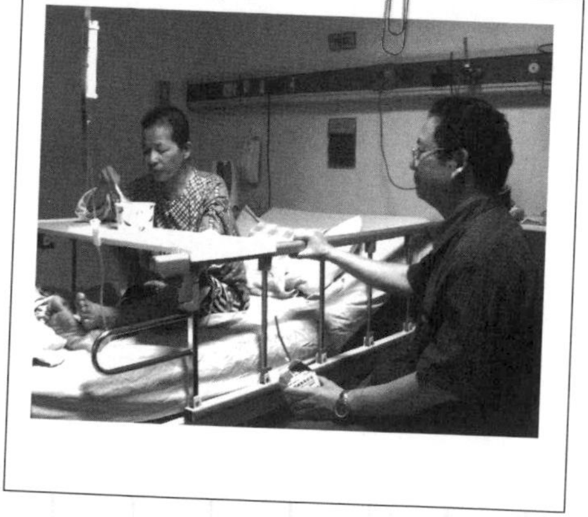

這就是媽的人生。

媽哭累了，讓我滴了眼藥水休息，試著入睡。

隔壁床在開宗親醫療批判大會，椅子排排坐了一圈，所幸聲音還算有節制。

我藉口出去外面喝罐咖啡擤個鼻涕，一出隔離病房，隨即打通電話給爸。

「爸，媽剛剛想起你們一起看海吃水果的往事，一直哭。」我很心酸。

「嗯，外木山。」爸立即反應。

「媽很想你，等一下店打烊後，看能不能過來看媽一下？」我說。

「嗯，我本來就打算過去。」爸。

不久，爸提早打烊，拉開簾幕，握住媽的手。

我到樓下吃叉燒包，留下這對老夫老妻在兩坪大的空間約會。

〔小插曲〕

爸走後，媽的開心還沒退，於是睡不著覺。

「乾脆起來跳舞。」媽說，開始踢腳。

「不如去護理站偷吃護士的東西。」我說。

然後逼媽快點睡。

早上媽打了個噴嚏，擤出了困擾她呼吸整整四個禮拜的膿痂。

那膿痂很壞，從極難癒合的傷口一直到痂片生成，過程極為漫長。它會阻礙呼吸，尤其上了藥膏後不能亂動。會癢，所以媽常忍不住用手指摳它，被我們罵，說她頑皮。有時我們會用沾溼的棉花棒稍事清理，有次還清出一團揉合了沉積已久的藥膏與膿稠鼻涕的怪物。

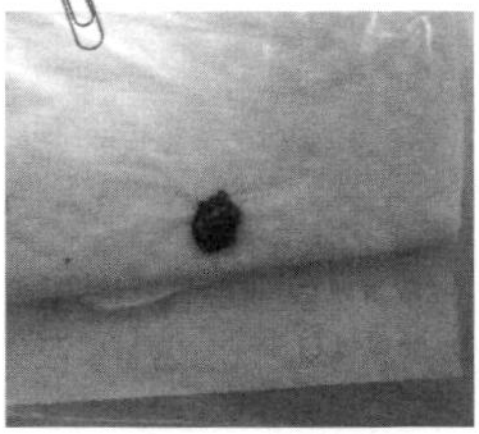

這是鼻屎。

膿痂噴出，大家都很高興，一致認為是今天最痛快的大事。

我跟哥換手的時候，媽拿出裝著膿痂的小塑膠袋喜孜孜地展示，爸來的時候，媽又炫耀了一遍。

所以我拿數位相機照了下來，珍貴的記錄。

2004.12.20

這兩天發生了許多暫時無法告訴媽的事，如果印給病床上的媽看，這一大段的記錄文字也會先跳過。

媽生病的事一直瞞著外公，因為外公要照顧罹患胰臟癌的外婆，已經日夜疲憊，不能再讓外公多擔一分心，所以媽便謊稱嚴重貧血所以必須住院輸血一個月，這段期間還請外公原諒媽無法過去照顧外婆。

但外公同樣有一件事瞞著媽。

外婆去世了。

血癌的患者常因為兩種因素死亡：一是我們經常掛在心上的細菌感染，這就不多提。二是可怕的內出血。

用最粗淺的話來解釋。人攝取的營養被骨髓拿去造血，血液裡的三大元素：紅血球、白血球、血小板也共食這些營養，而亂七八糟增長得太多的白血球吃掉了絕大養分，所以導致血癌患者常有血紅素過低，也就是貧血的症狀，當然，血癌患者的血小板也會有夠少，平常只要不小心有點碰撞，皮膚底下的微血管破裂、血小板卻無力救援補洞，於是一大堆久久不散的瘀青。先前我媽咳血，便是因為肺部微血管太脆弱的相同緣故。

momkiss

血小板不足，很容易產生大量的內出血。你問我內出血會怎樣，只能說很糟糕。情緒過度波動，血壓上升，迸！腦出血，接下去的話我就不想講，就連搭雲霄飛車、坐大怒神那種喔喔喔喔的小衝擊都可能危及生命。

所以，我們暫時瞞著外婆過世的消息，過幾天才會看看血液檢查的數據評估（血小板請給我很多很多！），選個大家都在的時間，在最適當的地點告訴媽。適當的地點，自是醫院無疑，如果媽血壓上升，就可以就近急救。

但我們商議再三，還是不打算讓媽去告別式。那天的三大儀式都正沖到屬龍五十三歲的媽，一直擔心媽情緒激動的我們於是更不想冒這個險，且外婆在臨終前也得知媽的狀況（外公也是在那時得知），微笑點頭說了解並原諒媽為什麼不能在一旁守護。

「我會看狀況決定，雖然這樣說很自私，但她是我媽媽。」哥這麼說。

外公跟舅舅等其他親戚聽了哥的話，也紛紛表示支持，唯一要顧慮的，便是媽如果堅持要來看外婆最後一面，我們該怎麼好言相勸。太複雜了，怎麼做都不會面面俱到。

然後是我。

與哥開車祕密到桃園參加外婆的頭七那晚，我想了很多關於「家」的事。

家其實是一個很自私的概念，表面上看起來大家都在分享愛，但卻是侷限在血緣關係或僅僅一個屋簷下的關懷，密集、壓縮、溫暖。這樣的「自私」並不壞，因為人要學會關心別人前，家的自私可以讓一個人用最有效率的方式被愛、充滿愛。然後學會去愛人。

但我從小就不是個自私的人。

畏懼辜負別人老早就成了我個性中很鄉愿的一部分。如果可能，我總想讓所有我在意的人覺得我很盡力給予大家快樂或支持，如果做不到，我會覺得很虧欠，會尋找彌補的機會。

但，不可能都不虧欠的。

只能努力折騰自己，讓虧欠變少，讓犧牲變成自己。這樣的犧牲並不偉大，因為一個人自以為很犧牲的時候，一定也有人默默在陪著犧牲。

想了很多很多，在很空虛的狀態下睡著了。第二天下午我回到板橋，按照計畫開始將所有的東西打包回彰化。

晚上，是跟毛毛狗珍貴的約會。我們已變成兩個禮拜見一次面的可憐情侶。

但從在約定的台北車站前新光三越底下，看見毛毛狗第一眼開始，我就感覺到兩人之間有堵不好親近的牆。那隔閡毛也感受到了，但兩人就是無法將它打破，只好持續令人窒息的氣氛。

我想沒有必要將愛情的部分交代得太過清楚，因為外人不見得能體會箇中的甜蜜辛酸，以及面對結構性困境的無力感。所以我不會明說接下來很多很現實的考量。

草草吃了頓糟糕透頂的晚餐後，依照我贏得百萬小說獎的甜蜜約定，我送了條just diamond的鑽石項鍊給毛，那是我送過最貴重的禮物，比三個月前送毛的iPod mini還貴。

但毛看起來不快樂，我持續悶。

兩人坐在百貨公司的樓梯轉角，長椅子上，有一搭沒一搭討論媽的病情，以及我們為什麼都變得不快樂。

「公，閉上眼睛。」毛說，有個禮物要送我。

我依言，然後張開。

在掌心上的，是個李小龍橡皮鑰匙圈。

突然不能自已，我哭了，眼淚從那時候開始的二十幾個小時，便一直無法收止。

很高興，毛到了這個時候，都還記得我喜歡的東西。

「毛，可以了。」我止住哭泣，凝視毛的臉。

是的，可以了。

我們之間的愛，已經可以了。

「為什麼會變成這個樣子？」毛哭了，卻也沒有反對。

在沒有說明白前，我們之間已有了悲傷的默契。

「妳沒看見嗎？我們之間的紅線斷了。」我流淚，開始說著，我們已經不能在一起的、很現實的理由。

毛很愛我，非常非常愛我。但是毛很自私。

我很愛毛，非常非常愛毛。但是我很自私。

毛該是，輕輕鬆鬆談一場近距離戀愛的時候了。七年來，我們不斷奔波往返的日子就要結束。毛在期間的辛苦遠大於我，這些日子毛都以不可思議的行動力在實踐她戀愛的理念。而我，竟還沒當兵，愛的時空距離始終無法縮短。

我該是專心照顧媽的時候了。

在更遠的未來，我跟這個家的距離還得更加靠近。這個距離很自私，很撕扯。就在我最愛毛的時候，出現兩人「愛」的轉化問題。沒有誰對誰錯。

「我們結的是善緣，誰也不欠誰，下輩子，就讓我們彼此報恩吧。」我閉上眼。

握拳，輕放在心口。

momkiss

然後挪放在毛的心口。

「下輩子，換你很努力跟我在一起了。」毛哭。

毛一直希望我送一隻大熊給她抱。

現在我終於送了，她選的另一個他。夠大隻了。

我們約定以後還是要當好朋友，要一起看電影，因為這是難得的共同興趣；要一起討論我的新故事，免得毛變笨；如果毛跟他生出來的小孩頭髮有一撮黃毛，乳名還是得叫「Puma」。

百貨公司底下，我們再無法壓抑，緊緊相擁在一起。

附近的賣車活動，大聲放著「Let it be」的英文老歌。很貼切的背景音樂，如同每部愛情電影最後一個，最浪漫、最催淚的畫面。

「我真的很愛妳，真的很愛妳……在這個世界上，我最愛的人就是妳跟我媽媽……」我泣不成聲。

「公，如果你媽好起來了，一定要試著努力把我追回去。」毛大哭，全身劇顫。這是我今晚聽到最不中聽的話，但我又能怎樣？

毛接受了我最後的祝福。在「Yesterday」的音樂下，我們牽手離去。

中間的那道牆消失了。

「沒有比這樣，更幸福的分手了。」

我說，毛同意。

我們一起回到板橋的租屋處，收拾東西，檢視過去的回憶。

即使分手幸福，但兩個人都好傷心，哭到眼睛都腫了起來，直到深夜兩點，我在床上幫毛挖最後一次耳朵，毛才哭累睡著。

六年又十個月的愛與眷戀，彼此都對彼此意義重大，陪伴對方在人生中最美好的一段成長，共同構畫「在一起」這三個字包藏的，人生地圖。

在一起。

但不能再在一起了。

好飽滿的愛情。與此生永遠相繫的親情。

對於曾經重要的事物，我深恐忘記。許多朋友都誤認我記憶力非凡，對諸多小時候發生的事情如數家珍，甚至能背出當時的對話與情境。

但錯了，錯得離譜。

我不是記憶力好，而是我經常回憶，經常在腦子裡再三播放那些我割捨不下的畫面。所以要忘記，真的很難。

但毛很天真爛漫，記憶力並不好。以前如果聊起曾發生的趣事，常常要我在旁補充情境，毛才會一臉恍然大悟。

「記憶我們之間的點點滴滴這件事，就交給我了。我會保存得很好。」我說，沒有別的辦法了。

一大早，毛去學校教課，我獨自在床上回想媽生病後、圍繞在我身邊諸事的峰迴路轉，其中諸多巧合。

一直以來就跟毛約定，要送她一條她很喜歡的鑽石項鍊，即使我寧願送其他同樣昂貴的電子用品替代；在分手前夕，誤打誤撞實現了毛的心願。

從國中開始，腳踏車便常經過民生國小附近的咖啡店「醇情時刻」，那間店外表是白色的石砌，很漂亮，在晚上還可見到從玻璃透出的溫暖黃光，想必氣氛一定很浪漫。當時我許下心願，一定要跟這輩子最喜歡的女孩子喝下午茶，但總是無法如願，每個女孩都把我甩得一塌糊塗。好不容易遇見了毛，但毛幾次到彰化玩，我竟都忘記這件事，直到毛前兩週來彰化探望媽，我才猛然想起，騎車帶毛到連我自己也沒進去過的醇情時刻，圓夢。

圓了夢，竟到了散場時分。

想到這些，就很難再睡著。

二〇〇四年，太多太多很糟糕跟很美好的事。在情感上，跟毛分分合合，外婆癌症過世，阿拓意外過世，媽生病。創作上，第一次寫劇本，第一次拒絕寫劇本，賣出四個原著改編，發簡體，贏了百萬小說獎……

百般困頓，傳了通簡訊給毛：「心很空，但妳擁有我心的鑰匙，有空，歡迎來住幾天。陪陪一個只需念著妳的名字，就能得到幸福的男人。」

毛從學校傳回簡訊：「你會一直在我心上，我會一直在你身邊。抱抱，雨好大，幫我哭盡了所有……你是最最愛我的，我明白。光是這點就夠幸福了！愛你，好愛你……」

真幸福的人，一直是我。

收拾好最後一箱東西，我寫了封信放在桌上，留下三樣東西。

mom,kiss

毛皮：

想留下這三樣東西給妳，希望妳能偷偷藏起來。

一直未能游完的泳票。

不可以忘記是誰教妳換氣，叫妳小海龜。

一根耳耙，掏盡多少溫柔陪伴，

我會一直記得，妳喜歡挖上面。

最後，是我在交大的學生證。

那是好多時光的相互取暖，它買過幾十張交大中正堂的電影票，

進過圖書館與計中上千次，在竹北的電影院也買過好多學生票。

那是妳我的共同地圖，不是我一個人的世界。

不是我一個人的世界，一直都不是我一個人的世界。

曾經重要的東西，我一個也不會忘記，

每當我抱住昨晚的枕頭，閉上眼睛，

妳的味道，妳的胖，妳的可愛歡笑，

都會在我夢裡出現。
我很愛妳。
當妳開始淡忘我們之間的記憶，只要還記得這一點就夠了。

公公
永遠都在新竹客運後用力揮手的窮小子

momkiss

2004.12.21

我開始體會吳淡如當初寫那一本《生命不能承受之重》之後，被家人賭爛的無奈心情，雖然我根本沒看過，而兩者的情況也不會相同。

當你認為家人必須內疚的時候，家人未必會想將這些內疚攤在別人面前。今天媽淌著眼淚的一句「爸都說我寵壞了他，但這間店畢竟是我們的生命」，讓我收起很多可能多餘的字。

想想也是，並沒有必要苛責太多，但不是因為即使苛責也無法改變所有的已發生。而是媽天性的釋懷。

刻板印象裡，日本人是全世界最大男人主義的已開發國家。陪著媽在醫院看一本抗癌成功的經驗書《從病危到跑馬拉松》中的第六十五頁，作者簡述作家石川達三所著的《幸福的界限》故事大意，讓我很有感觸。

故事由三個女人構成。母親一輩子操持家務，含辛茹苦撫養兩個女兒長大，大女兒早早嫁人，過著跟母親如出一轍的辛勞生活，服侍丈夫與兒子，而二女兒並不願意重複她眼中母親的人生，還稱之為地獄。二女兒於是一個人搬出去，不結婚，光談戀愛，輕鬆寫意。母親起初很不能諒解二女兒的離經叛道，但後來卻愛上與二女兒同住的生活，於是每天服侍完丈夫，母親便咚咚咚跑去二女兒那裡過夜。

而大女兒離婚了。

母親本以為大女兒會過一些屬於自己的生活，然而大女兒卻急著攜子改嫁，又投身下一個學名為「家」的地獄。更驚訝的是，二女兒不只談戀愛了，還想結婚，對象是個中年劇作家。

「因為我想幫他打理食衣住行，看著他專心寫劇本的樣子，實在是太幸福了。」二女兒說，完全悖離她之前所批評的婚姻生活。

二女兒解釋，繞了一大圈她才發現，原來女人的天堂就在人間地獄裡，不進入地獄，就無法建立自己的天堂。

於是媽也想通了，回到丈夫旁邊，一個名為「主婦」的位置，過著作者所謂「無薪酬、附帶性生活的女傭生活」。

真傷感，我不想批評這個石川先生貫徹此故事的精神，因為我很不忍。我也很希望這樣的生活真的有意義到不行，但即使如此，還是不適合發生在我身邊。

爸曾經在吃飯時跟我說，將來選老婆就要選像媽這樣，一切都以男人為主的典範，爸說：「畢竟這還是個以男人為主的社會。」奶奶也曾語重心長跟我說：「你媽媽這種媳婦，才是全心為家庭，顧厝顧夫顧子的好太太。」

但我聽了真的很不以為然，這不以為然跟我認同女性主義意識沒有關係。

一個人對你付出太多，你卻只能用百分之一回報時，剩下的百分之九十九將沉澱成悲傷的內疚。回報不了，就會很痛苦。

兩性平等的愛，比較舒坦。

會主動要求的愛，比較不偉大，但也比較讓人舒坦。

有次在看談話性節目「新聞挖挖哇」，于美人在跟鄭弘儀討論子女教養的問題。于美人說，她會訓練兒子「如何愛媽媽」，而不是一個傻勁的付出。

例如跟兒子去看電影時，她會跟身邊的兒子討爆米花吃，兒子也挑了個給她。

「這顆爆米花是裡面最好吃的嗎？」于美人問。

年幼的兒子天真地搖搖頭。

「那不行喔，你不是很愛媽媽嗎？所以是不是應該把最好吃的給媽媽吃？」于美人「暗示」得很清楚。

於是年幼的兒子點點頭，仔細挑了個他認為最好吃的爆米花給于美人。

以前，毛毛狗也常常巴在旁邊，用很可愛的語氣說：「公，你要很疼我喔。」

我抓抓頭，一副恍然大悟：「啊？還不夠疼嗎？我名字裡有個騰，就是很疼的意思捏！」

「不夠疼，公公不夠疼毛毛。」毛說，繼續討愛。

愛相互回饋，平衡些，這樣很好。

於是我又想起我人生中最具影響力的一件事，每次我想起那串畫面，就會近乎崩潰，但有時我描述給別人聽，大都得到「啊？這樣也能很感動？」的反應。

是啊，有些內心的澎湃情感很難傳達，即使是個擅長文字魔術的小說家。

大約是我國小六年級的某一天假日午後，爸不在，媽不想煮飯，三個兄弟不知道要吃些什麼好，三兄弟圍著媽苦思。

忘了是誰開的口：「媽，我們去吃牛排好不好？」

出乎意料的，媽從抽屜裡拿了張千元大鈔給哥，要哥帶我們去牛排館吃午餐。我永遠記得媽當時的表情，媽的臉上竟帶著些許內疚，像是「對不起，沒常常讓你們吃好料的」那種神色。

但我還是歡天喜地，跟哥哥弟弟去西餐廳吃了頓在當時無法想像的美味牛排。機會難得，我們正經八百鋪好紙巾，端坐思考該吃幾分熟好，然後按照漢聲小百科裡所教的，左手拿叉、右手拿刀，先吃什麼再吃什麼，每個步驟都相互糾正到快要吵架。

這頓牛排吃了好久好久，我們回家時，忘了媽還沒吃中飯，一直在等我們回來。

「幫我買個乾麵就好了。」媽吩咐哥，繼續做她的事。

那瞬間，我想挖個洞。

很想號啕大哭。

在大二時住宿，有陣子突然猛爆性地很想家，曾在bbs板上寫關於媽的種種，當時寫下這段記憶時，哭得連室友都看不下去。不求回報的愛，好重。

媽教養了我們兄弟什麼，讓我們兄弟成為很愛媽媽、很團結、很上進的三個男孩？不過就是愛。很重很重的愛。

打打罵罵的教育沒有一個男孩子會怕，即使怕，也只會生出對鞭子的畏懼，而不會生出對擲鞭者的愛。印象中，媽對我們的打都很輕微，導致我根本想不起來自己如何被媽打，但有一次媽動手的時機跟力道，讓我非常震驚。

那時我已經念高中，我坐在弟弟的床上吃泡麵。

「吼，不要在我床上吃東西啦。」弟看見。

「吃一下又不會死。」我說，看著弟走出房。

那是碗很大的「滿漢全席」泡麵，我捧著捧著，不知怎地重心不穩，手上的泡麵掉了，湯湯水水溼了床單一大片，我無奈，開始將衛生紙一張張疊在上頭，想說趁我弟還沒發現床單受辱前把湯吸光光，他這麼髒，一定不可能發現，若真的被他聞到怪味，說不定只會聞聞腋下。

但很不巧，吸到一半，弟走進房間，發現，旋即大怒。

「就跟你說！別在我的床上吃東西！」弟抓狂。

怎麼說都是我犯賤，我舉雙手投降，嘻皮笑臉打哈哈。

「好啦好啦，乾脆我的床單跟你的交換不就沒事了。」我蠻愧疚，但坦白說也不怎麼在乎。要知道，多年以後，我可是個能在滿是狗尿的床上度過兩週的硬漢。

弟同意，但仍臭著張臉看我換床單。

然後媽正好進房，看見我在換床單，不解。

唉，我也是個怕媽罵怕媽累的混蛋，所以只是跟弟交換床單、而不是交給媽洗一洗徹底解決。但現在陰謀畢露，糟了一個大糕。

「喔，就我在三三床上吃泡麵不小心弄倒了，所以想說跟三三換床單算了……」我苦笑，比了個V勝利手勢。

「還不都是二哥他……」弟也插嘴。

突然，媽一個沉重的巴掌甩向弟。

啪！

弟被呼得莫名其妙，我也一頭霧水。

媽氣得全身發抖，眼眶裡都是淚。

「啊媽，對不起，其實是我不對……」我連忙解釋，媽一定是哪裡聽錯了。

而弟也滿臉通紅，錯愕得不知道怎麼開口，僵在媽面前。

「床單髒了就洗，沒什麼大不了，就是累一點而已。你自己不願意睡的東西，怎麼可以讓哥哥去睡！」媽的震怒中，很清晰的，很難過的慈母輪廓。

弟跟我都無言了，看著媽熟練地將床單拆下扛走，腳步氣呼呼地離開。

弟徹底敗了。我則對弟很不好意思。

那是唯一一次，我看過媽最生氣的畫面。

媽無法容忍我們不愛彼此，用一個巴掌貫徹她愛的理念。

晚上十一點了，毛不知道回家了沒。

看著媽在病床，鉀離子點滴滴得有夠慢，媽蜷著睡著了。

家中經濟狀況一直不好，每次快要還光欠款，就會添上嘆為觀止的新債。媽曾嘆氣跟我告解：「我這輩子對你們三個兄弟最不起的就是，沒有能力替你們買保險。」就連媽跟爸的保險，都曾提前終止轉成現金，幸好有健保重大傷殘卡，要不家中經濟雪上加霜的程度會令人瞠目結舌。

但媽啊，妳放心，妳當我們的後盾夠久了，這次輪到我們來當媽的保險。

專心好起來，就對了。

〔小插曲〕

前幾天哥未來的丈母娘燒了中飯，讓我們帶給媽吃，一個便當，一碗湯。

媽吃完了，很乖，所以我偷偷將手機的鬧鐘設定在兩分鐘後，要送媽一個禮物。

媽看著衛視電影台的電影《變臉》，預定的時間到，手機鈴響，我假裝有人打過來。

「喂？喔，我是老二，嗯，伯母好。」我自言自語，用誇張的嘴型跟媽示意，是哥的準岳母打來的問候。

媽不好意思地，裝出在睡覺的姿勢。我點點頭，收到。

「不好意思媽剛睡著……嗯嗯，有，有，湯有喝一半，便當我媽有假裝吃完，其他就偷偷倒進馬桶，真不好意思。」我說，一副亂開玩笑的樣子。

媽大驚，慌亂地要我閉嘴，卻也不敢作聲。

「嗯嗯，我媽說還可以啦，也不是那麼難吃，但還可以的意思就是還可以再加強，嗯啊，也算是開玩笑的啦。」我打哈哈，窮極無聊。

媽驚到手足無措，又好氣又好笑，一下子拉著我的手，一下子又猛揮手，就是要我別再丟臉了。

「沒有啦，也不是這樣啦，我媽只是胃口比較不好，雖然要她倒馬桶是有比較難……嗯嗯…嗯嗯…」我說，一肚子都在笑，快炸掉了。

媽窘到極點，只好放棄，倒下掙扎，卻心有不甘向我搖手。

我一直嗯嗯嗯個不停，因為我想講的最後一句話很爆笑，讓我無法用很平穩的口氣說出來，只好深呼吸，壓抑想大笑出來的衝動，醞釀著。

「嗯嗯……嗯嗯……我媽說，請妳下次再多努力一點喔。」我這麼跟虛構的媽的親家母說。

媽大嘆一口氣，敗了。

我掛上電話，若無其事繼續寫我的小說，媽沒好氣問我，怎麼這麼沒禮貌跟親家母亂說話，她哪有說什麼再加強……

媽一臉的不安，跟懊喪，跟不解。

我終於大笑，跟媽解釋我設定手機鬧鐘、猛自言自語的真相……

2004.12.23

今天，媽住院滿一個月，又零一天。

我到醫院時，爸跟哥正在跟媽說外婆過世的事，媽躺在床上哭，不停拭淚。

但媽心中的大石頭總算是放下來了。

久病纏身的外婆解脫苦痛，也釋放了辛苦照顧外婆的外公與舅媽們，對於外婆的過世媽一直有心理準備，畢竟只是能走到什麼時候的問題。當然，媽對外公也沒有什麼好隱瞞的了，但媽總認為生病很對不起老好人外公，所以還是懷著很深的內疚。

而我們心中的那塊大石頭，也總算是放下來了。

其實媽對外婆的過世是很有感應的。外婆去世那晚，哥跟爸徹夜往返彰化與桃園，去見外婆最後一面，留下我陪在當時仍在保護隔離病房的媽。那晚，我很注意媽會不會有所謂的心靈相通，輾轉反側，就是睡不著。而媽的確睡得很不安穩，嘴裡喃喃唸誦經文，直說心很慌，卻不知道心慌的原因。

頭七時，我跟哥去桃園，輪到老三陪在媽身邊，約莫晚上十一點最後一場法會開始，媽在病床上又是莫名的心慌，開始不安哭泣，坐在床上一遍又一遍念誦藥師咒，無論弟怎麼問媽，媽就是不答，一個勁的念誦。我想，是外婆來看媽吧？

媽斷斷續續地哭，答應我們不舟車勞頓、冒著情緒激動的危險去告別式，而哥也保證會替媽多拜三炷香，磕六個頭，請媽媽的媽媽原諒她無法趕到。

我心想，七十五歲的外婆的過世，已算是安養天年。如果媽能夠快快樂樂活到七十五歲，人生也沒什麼好計較的。

前幾天看到電視大幅報導蔣方良過世，鏡頭帶到諸多家屬與政客臉孔，大家無不神色悽苦、哀痛莫名……我咧看到鬼，蔣方良都九十幾歲了，不管有什麼願望夢想能實現的早該實現，不能實現的也該心知肚明，沒有遺憾了才是。有個名詞叫喜喪，不用在這個時候又該用在何時？

又其實，這陣子我對所有的新聞都不感興趣，藍綠之爭，爭個屁，跟我媽會不會好一點關係也沒有，只要健保制度不要垮掉，這些政客怎麼爭都爭個撒尿牛丸個蛋。

後來又剩下我一個人陪媽。

媽跟我談起爸的事，要我別老是寫爸壞。簡單說，就是爸破天荒在網路上看了我寫的疾病陪伴文學，一方面覺得很多諸如欠錢這樣的事犯不著寫出來，何況欠錢的原因很有家族淵源，總之就是替人揹幫人扛，錯不在任何人。一方面，爸又覺得自己的兒子好像看不起他，讓他賭爛外，又有些不知所措。

我其實一點也沒有看不起爸，我只是很氣。

momkiss

由於必須每月還錢給銀行、生意週轉需要儲備金的關係，我們兄弟念大學到念研究所，個個都用就學貸款，少說也欠了政府三、四十萬。丟臉嗎？我覺得很屌。為了受教育，我們欠這種錢欠得滿不在乎，也欠得有本事。

再說，父母在舉債累累的情況下將我們扶養長大，我只有更加感激的分，哪來的嫌棄？如果爸媽是拾荒將我養大的，不管是上台演講還是領獎，我都會大聲感激他們用最辛苦的方式在愛我。

說到底還是面子，有些人就是覺得讓子女借錢受教育的父母「沒本事」、「很丟臉」、「竟連這一點點錢都湊不出來」，而且這種嘴臉還不少，有次還有個大嬸在我媽面前輕蔑道：「我們家的孩子讀書都是念現金的。」一副有錢壓死人。

我覺得恰恰相反。在經濟窘迫下將孩子扶養長大，看著子女一個個成材、善良，說起來該是超有面子的才是，犯不著在價值觀混淆的他人面前，誤判自己屈居下風、然後還得想辦法將多餘又不必要的自卑挖洞藏起。

另外，就是我寫了很多爸對媽很不體貼的事。

其實，一路寫下來，除了發洩我長期因為懦弱而積壓的矛盾與不滿外，我很堅持，就是要進行內疚的反省。所以我寫了一堆大家對媽的積欠，我總認為「有錯要承認、被打要站好」，然後才能進行最有意義的改過遷善，那才是對內疚的積極實踐。而陪在媽身邊最久的爸，理所當然便是不體貼的累犯。

其實，不體貼的背後，都是一大堆的理所當然。

「別寫了，這些都是我心甘情願的。」媽哭著說，讓我很心疼。

一句心甘情願，道盡多少理所當然。

哥也覺得，可以了，饒了爸吧。反正我們都很有決心讓媽不再為家事操煩，所以媽出院後，只要專心呼吸幸福空氣就好了。

殊不知，其實關於爸的不體貼也就那幾行字，其餘的，我也不想寫，也沒必要寫了。我也想當一個讓父母單純過著快樂生活的孝子，除了「健康」是家最重要的因素，「和平」也是一大因素。

媽在理解我不是瞧不起爸、而是氣爸後，也就釋懷了，然後開始看大長今。看到閔政浩與長今多年後相逢的那一幕，媽又哭哭。

我禱告，爸不要只是沮喪，不然就白沮喪了。

寫到這裡，真有種超級後設的感覺。

momkiss

〔小插曲〕

一直都受網友們照顧，每一封給媽的卡片，媽都很高興，附帶的小禮物也都別具巧思，有幫媽顧家的劍獅、希望刮出來會飆到二十五萬的彩券、一張有媽騎腳踏車跟我親親道別畫面的卡片等。

昨天下午收到一分包裹，裡頭是網友贈送的自製手工肥皂好幾塊，各有不同用途，希望我們在照顧媽時手也能健康。我試洗了一塊，果然比較不咬手，於是歡天喜地放了塊在醫院。謝謝妳哩。

晚上，到成大跟蔡智恆共同演講後，許多前來捧場的好人網友給予媽的祝福，我都收下了，謝謝，很受用。那兩張永保安康的車票，現在夾在媽放在床邊的記事本裡。

而我，又睡不著了……

2004.12.24

從昨晚到清晨，媽發了兩次燒，吃了兩顆普拿疼，讓媽很無奈。我也睡不著，斷斷續續一邊寫獵命師一邊跟媽聊爸，直到三點才在媽的勸說下嘗試睡覺。

每天都發燒的日子，讓媽畏懼並無法如醫生預期的，在五天後出院。昨晚抽了兩管血，今早也驗了痰，預計下午就能夠知道媽的恢復狀況。

昨晚幫媽擦澡退燒後，我坐在病床旁媽身旁，跟媽一起練習踢腳，然後聊起我小時候偷東西的事。

媽說她根本不記得了，神色迷惘。於是我慢條斯理從記憶電影院的資料卷宗裡，一一搬出來放在媽的面前。

國小五、六年級，我交了一群大人眼中的壞朋友，但也不過是打打架、偷東西、蹺午休去校外打電動、下課聚賭之類的，每個男孩子在長大的過程裡都會期待發生的事。那些「壞朋友」讓我在回憶起童年時多了許多輕狂的色彩。

那時做很多「壞事」的原因並不是因為「做壞事很有趣」，而是真的窮極無聊，無聊到只要有一個夥伴想到要這麼幹，其他人也就會跟著幹，偷東西就是這麼回事。無聊到發慌時，大家就會去7-11偷紙牌，去書局幹墨水筆，去雜貨店摸巧克力棒。

偶爾，我們會幹大票的，例如去玩具店摸瓦斯槍、模型。

momkiss

那天中午，我們六個狐群狗黨在學校附近的玩具店裡，想看看有什麼東西好偷的。但啊，觀察個屁，有什麼拿什麼啊！我手拿一個袋子，有心要打破所有人偷竊的時間記錄，一走進店裡看見一個聖鬥士模型就放進袋子（我還不知道拿走的是哪個聖鬥士！），快速閃人。

我將模型拿回教室後，因為過度炫耀的關係，很快就被打小報告的陷害，一狀告進訓導處。

事情敗露，訓導處一通電話打回家裡，讓我被爸打得奇慘，媽也一直哭，對我很失望。家裡連續好幾天的低氣壓，彷彿這個世界正式宣佈我成為誤入歧途的黑社會似的。

爸每次生氣，就是一個勁不說話，關起溝通的橋樑，直到誰去跟他鄭重道歉。而媽，雖對我失望，但更不放心，超擔憂我會走上歧途的，將來想要見我一面不是得翻報紙查社會新聞，就是要去監獄掛號。

雖然現在想起來，那些哈棒風格的荒唐，不過是成為一個唬爛派小說家所做的準備。

回到媽。

媽怕我又不好好午休出學校亂搞，於是每天「中午」不厭其煩地牽腳踏車到校門口，將我拎回家吃午飯。

在那個年紀，每天中午被媽這樣一路盯回家，實在蠻丟臉的。那一群打打殺殺的同儕也就算了，在喜歡的女孩小咪面前，真的大失男子漢風範。

至少有好幾個月，我都在媽的「陪伴」下被押送回家，然後在很靜默的氣氛下吃掉午餐，別人在午間靜息，我在家中懺悔為什麼要在爛同學面前炫耀我的神偷學絕技（不是懺悔偷東西），導致我現在被關在家裡，而不是在外面跟別人打架。

午休完了，媽便叫更靜默的爸騎機車送我回學校。

那段慘澹歲月裡，爸常用種種比喻告訴我人類為什麼不能誤入歧途，例如：「小時候偷牽雞，長大就偷牽牛。」

我當時就在想，如果翻譯成「小時候偷聖鬥士，長大偷法櫃、偷聖杯、偷亞特藍提斯寶藏」，也是觸類旁通的小故事大道理。一想到再過十幾年，我就會成為與印第安那瓊斯比肩的大盜，我就好爽。

又例如在亞哥花園看見工人在修剪小樹，爸就會說：「你看那棵樹，如果小時候不這樣修剪，長大後就會亂七八糟。」

那時我腦袋裡想的是，老子所說的「有用跟無用論」，大意是：有用的樹下場很慘，就算被砍下來做成最好的神桌，也不再是棵活蹦蹦的樹。也就是說，樹還是亂七八糟地長、歪七扭八盤根錯節的好，木匠看不上眼，才得以一棵樹的從容姿態繼續與天地同壽，比起供奉在廟堂裡呆呆的神桌，爛樹只會更快樂啊。

所以說人啊，還是破爛一點的好，免得一不小心太過出類拔萃，最後竟然功成名就人人景仰，成為一個有用的人……那豈不就完蛋了？！

所以我一直到國中一年級後，第三隻手的壞毛病才真正改掉。至於無法走上世界級鬼膽神偷的理由，就是另一個浪漫的故事了。

媽跟我的腳持續踢著。

「媽，下個禮拜妳回家，Puma看到妳一定很高興，牠一定會想，啊！那個每天餵我吃肉的那個人終於回來啦！」我說。

媽閉上眼睛，笑笑。

今天王醫師為了破解媽每天發燒之謎，想說抽抽靜脈人工導管裡的血，檢驗有沒有受到感染。

一般是不會這麼做的，因為當初埋人工導管的理由，便是為了癌症治療所要進行的各種藥劑輸入、營養輸入、血液成分輸入很多，而這麼多輸入很容易讓我們原本的靜脈負擔不起，怕會潰爛，於是將耐操的人工導管埋在手臂裡、鎖骨裡等等。

人工導管很珍貴，要陪伴病人半年，時不時還得用抗凝劑沖洗一下，免得阻塞，此外，一旦人工導管遭到感染會頗麻煩，所以抽血幾乎都不從人工導管進行，來個「只進不出」，加以保護。

但要調查是否是人工導管出了問題，當然還是得從人工導管抽血。

只是，護士換了三個夢幻隊形，連續試了三次，都無法抽出一滴血。要用生理食鹽水沖洗管道，居然也推不進去。護士只好去叫醫生過來看看是怎麼一回事，我則在角落打電話給哥，叫他趕快過來加持媽的信心。

三個小時後，護士終於用蠻力推送針筒，將人工導管的藍色小管脹破，食鹽水飛濺，該護士只好宣佈人工導管必須重建！

……

我不是不能接受，即使無奈，畢竟犯錯沒有人願意。但護士接下來坐在病床旁，一臉苦思：「這條導管是什麼時候有了破洞呢？怎麼之前都沒有發現？」的推諉表情，我就很想在她耳邊大吼：「喂！那是妳硬推造成的耶！這導管在妳拔掉點滴前都還是好好的！」

嚐過七樓專司癌症照顧的護士們的細心體貼，九樓「解決」肺結核病人的護士都是神色匆匆，動作間常很粗魯，作戰似的態度，讓我們覺得肺結核真是一種不要隨便得的病。而不同樓層的工作範疇也不一樣，昨天九樓的護士還是在媽的教導下，才知道怎麼處理人工導管的清潔。

病人跟家屬真的很弱勢，沒有比病人更需要醫院「商品」的消費者，而且不得不接受，消費的過程中若有嫌棄，倒楣的還是自己。在護士「苦思」導管為何破裂的同時，媽還是好言安慰護士、甚至道謝，我也加入，直說不好意思。

護士悻悻離去後，媽才難過地快掉下眼淚，直說自己很倒楣，什麼事都讓她遇上了。

哥趕來，第一件事就是跑去七樓，想找很關心媽的護士們抽調幫忙，若破掉的人工導管要拔除，可不能再叫根本沒做過這件事的護士來幹。哥說，王金玉護士在媽的心中，就等同於天使的地位。

縮在床上的媽表面上努力平靜，實則怕得要命，沮喪得厲害。

祈禱。

晚上了。

彰基果然是神。不必重新換管，醫生咻咻咻將媽的人工導管給「修」好，大家都鬆了一口氣。

今天是聖誕夜，也是外婆過世的第十四天，習俗的二七。老三代替媽，從台北到桃園參加法會。

「幸好老三有去桃園……」媽坐在床上哭道。

「媽，我就說，妳生三個小孩一定有道理的，每個人都可以幫妳做一些事。」我說。

媽繼續哭。

我沒有阻止。我是唯一一個不會阻止任何人掉眼淚的人。

我只是趴在旁邊，靜靜地聽媽說故事。

媽從很遠的地方說起，當她還是個小小女孩的時候。

阿公的爸爸，阿祖，是個很愛操幹你娘塞你娘的漢子。

「阿祖，你不罵髒話，我才要跟你去賣鴨子。」媽很認真。

於是，國小二年級、小咚咚的媽坐在阿祖的腳踏車後，一起去菜市場賣鴨子，戴著小小的斗笠，偎在一直抽菸的阿祖旁，祈禱鴨子通通賣掉、換一些日常用品回家。

「阿秀，坐過來一點！」阿祖吆喝，手裡拿著飯碗，要媽坐在他旁邊。

阿祖好疼媽，當男人吃完飯女人才能上飯桌的年代，阿祖便讓媽享有連外婆都不及的禮遇，

跟一群男丁共餐。而阿祖吃進嘴裡的五花肉，一定會吐出瘦肉放進媽的碗裡。

「實在是好髒喔。」媽苦笑。

然後是出家的萬姨、重義氣的外公，最後是吃了柿子過世的媽的外婆。

媽的故事，在擁有我們之前的故事。

然後遇見了爸，遇見了愛情，於是有了屬於一個家的故事。

哥說得好。

哥在媽的肚子裡多待了一星期，是捨不得離開媽。

我在媽的肚子裡少待了一星期，是想快點看見媽。

弟從媽的肚子裡一日不差蹦出，是跟媽約定好了。

三個兄弟，在媽的肚子裡，都用各自的方式深愛著媽。

哭累了，媽的體溫三十九度，我走到護理站，討了顆普拿疼。

媽不斷咳嗽，吃下退燒藥，神色痛苦地縮在床上，努力讓自己排汗。

「再讓我們愛妳二十年吧，媽。」我說：「讓妳看看，我們精彩的故事。」

mom,kiss

2004.12.25

四點半了，媽持續在燒，38.9度的高溫讓我非常徬徨。

媽在昏睡，手心灼燙，我去叫護士，卻因為退燒藥吃得密集，而拿不到第二顆普拿疼。

我所能做的，僅僅是不停量體溫，一次又一次被居高不下的水銀指標給嚇傻，然後叫媽起床喝幾口熱水、上廁所排尿，最後乾脆擦起毛巾澡來。

一點都不平安的平安夜。

擦完澡，我坐在伴床上有一搭沒一搭寫著獵命師，一瞥眼，看見媽將衛生紙掐在眼睛上，又在偷偷拭淚。

「媽，妳在生自己的氣對不對？」

「嗯。」

「我也覺得很難過。在旁邊都很替妳緊張了，妳自己一定更緊張。」

「嗯。一直燒不停，很心煩。怎麼會這樣呢？」

媽很委屈的聲音，輕輕，細細的。

我終於崩潰，在旁邊抽抽咽咽起來。

「田，你不要哭了，你這樣哭媽會跟著大哭……」媽焦急。

「以前我生病妳都把我顧得好好的，現在妳生病我只能看妳一直燒，我只會量量體溫跟叫妳喝水，真的很沒用……」我號啕大哭，想起了童年往事。

這是自媽生病，我頭一回在媽身邊哭。

情緒一旦潰堤，就很難收止。

媽生病這一個多月來，我的腦中累積了太多的無力感，不斷緊縮壓抑的徬徨終於炸開。

「田，真的不要哭了。」

「我一定會被大哥罵……」

「不要這樣想，我發燒又不是你的錯。你也不想媽發燒啊！」

「不是，我是說，大哥知道我在妳旁邊哭，一定會罵死我。」

於是我們兩個愛哭鬼約定不哭了。

媽努力喝水、跑廁所，而我則終於用39.4度的熱燙「資格」請到第二顆普拿疼，媽吃了，不久便開始發汗，我則勉強靠雞精與大量的白開水提振精神，間斷幫媽量體溫，最後再幫媽準備了第二次的毛巾澡。

媽終於降溫，在凌晨六點。

mom,kiss

「肚子餓了吧？呵呵。」

「我吃白饅頭就好。」

半小時後，媽在電視前啃著熱呼呼的白饅頭，我終於全身放鬆，睡著了。

媽害怕的事還是發生。

「我決定將妳的管子拔掉。」

當我還在昏迷時，醫生站在床前宣佈。

昨晚再度連夜的發燒，讓兩名醫生做了這樣的決定。

在我睡眼惺忪、還搞不清楚怎麼回事前，一名年輕醫生就用很纖細的技巧將藍色的人工導管慢慢抽出，剪下最後一段，放在塑膠袋裡做細菌培養。

媽每天都會發燒的原因，希望真出在人工導管的感染上頭，要不，真不知道如何調查起。細菌培養要三天的時間，希望能按照媽的期待，在下週二前出院。

中午幫媽買了午餐後，躺在床上，我開始思考愛情與親情。或者，用更精確的說法：「與自己分享愛情的那個人，是否也能一起分享親情。」

很愛一個人，是不是就會很自然的，連同愛上他養的貓、種的花、喝的咖啡、看的漫畫……以及其他其他。如果是，這樣不斷堆疊而上的愛情，它的定義會不會不再是愛情？

但不管還是不是，那都是我所嚮往的。

想著想著，身子在酸苦的空調溫度裡，又睡著了。

momkiss

2004.12.29

從台北回到彰化，媽又換了病房，從九樓換到八樓，這次是單人隔離房。

這次換病房是媽主動提出來的要求。

先前隔壁床的室友患有肝病，暫時不能吃抗肺結核的藥，所以根本無法進行針對肺結核的治療，醫院所做的，只是善盡義務地隔離他。更重要的是，該室友不戴口罩，醫生好言相勸了他還是不屌戴，媽很擔心我們會因此中標，也擔心自己會被交叉感染，於是寫了兩張紙條給護理站跟醫生，希望能換個比較友善的治療環境。

醫生也明白，於是讓我們搬到八樓的隔離房，單人，環境大幅改善。

晚上換我來陪媽，帶了兩張大家寫的卡片給媽看，一張來自法國，阿拓的姊姊，一張來自嘉義，中正大學。媽千叮嚀萬囑咐，說卡片寫得很誠心，叫我一定要好好謝謝大家的關愛。

寂寞是比傷心更難忍受的東西。

傷心是爆發的、瞬間毀滅性的，寂寞則是長時間的靈魂消耗。

當我握起手機，良久卻不曉得要打給誰時，這種虛無的引擎空轉感又會浮上心頭，空轉，空轉，然後淤積沉澱的油漬堆滿整個胸口。

「所以，就是這麼一回事。」

我說，看著坐在一旁的小球。

「寂寞啊，要適可而止喔。」小球提醒。

是啊，應該適可而止。

小球是個綁著馬尾的女生，臉上有點淡淡雀斑，鼻子小小的，眼睛細細的，穿著白上衣，深藍色牛仔褲，白色球鞋。小球笑起來，很像我準備開始喜歡的女孩……該有的樣子。

從現在開始，小球與我形影不離。

「好不好？」我期待。

「當然沒有問題溜。」小球笑笑。

如果她高興，句子的結尾會有的可愛的溜字。

小球幾歲，我還沒有決定，不過她很懂事地看著我幫媽按摩，跟我媽一起看《天國的階梯》。

所以大概是……十七歲？

「你這種想法真是要不得溜。」小球忍住笑，搖搖頭。

我只好放棄。

媽看著電視，我打開電腦、寫著獵命師，而小球原本專心在電視的俗爛劇情上，也忍不住關心我在做什麼。

「我在寫小說。」我比了個V，說起我的職業跟夢想。

小球專心聽著，即使她聽過一百萬遍，但還是裝作很有興趣的樣子。

好可愛啊，實在是。

「別太累了，要記得起來走一走，免得屁股又痛了。」小球說，就這麼拉起我。

我只好甜蜜又無奈地，象徵性走了幾圈，畢竟病房很小很小。

小球手掌小小的，手指細細的，跟我的手握起來，剛剛好嵌成最溫暖的組合。

好好摸，好好摸。套句自己在《愛情，兩好三壞》裡說過的話，女孩子的手，真是made by God最棒的產品。

看著小球，突然有點想哭。

「別再想了，這次已經不可能了。」小球善解人意地安慰：「就跟她說的一樣，你每次不快樂，就躲進小說裡。那你就躲進去吧。」

我很難過，再度打開電腦，試圖讓三百年前在日本京都裡跑來跑去的吸血鬼佔據我腦袋裡所有的快取記憶體，以免又有多餘的系統資源開始想毛。

媽一直咳嗽，盜汗，我只能無能為力地停止敲鍵盤，除了說幾句打氣的話，什麼忙也幫不上。

好不容易，媽停止難受的咳嗽，用奇怪的姿勢睡著。小球跟我總算鬆了口氣。

我想起了佳儀。

關於佳儀的一切，可以寫足一個既純情又悲傷的青春故事，被我們一群人所共同擁有，飽滿，又充滿缺憾。

我喜歡佳儀，從很青澀的國二開始，到還是有些青澀的大三，很努力喜歡佳儀八年。但換個喜歡的定義，到現在我還是非常喜歡佳儀，整整十五年，從來沒有間斷過；但喜歡的那個佳儀始終停留在以前的那個佳儀，無法轉化成現在的時空。

我明白，我是對自己的感情忠誠，而不是對「人」忠誠。

「嗯，當喜歡的女孩變了，你其實無法將情感延續下去，但你卻習慣將那分喜歡持續保留著，就像刻在墳上的墓誌銘。」小球說。

「喜歡的感覺不會變，但喜歡的對象，就是無法再前進了。」我說，但其實不必多做解釋。

我發現，小球的年齡不會是十七歲。

應該再大一點？

「你今天才寫三千個字，這樣下去是實現不了夢想的。」小球提醒我，但我的注意力已經失控。

我不曉得毛最後會不會跟佳儀一樣，變成一個曾經的註解。

不再屬於我的美好，就只能是曾經的喜歡，而不能保持一個喜歡的進行式。

原本我很期待跟毛分開後，兩人還能像親人般的彼此關懷，但羈絆得太深，我對毛的新感情其實很介意，我並不若我自我想像裡，能祝福得那麼徹底。

說到底，我很不完美，簡直缺陷累累。

我的祝福，還是一點一滴的給吧，湊得比較完整。

「所以才有我，別趕我走。」小球央求。

我哭了。

一頭栽進小球的懷裡。

momkiss

2004.12.31

雖然媽一咳嗽起來會嗆到眼淚都流出來，但前天晚上媽只有一點點發燒，不久後就盜汗降了下來，沒有吃退燒藥。

昨天醫生評估了一下，決定讓媽明天出院，但還是要在家自我隔離，兩個禮拜後再回醫院，抽血跟驗痰。既然醫生都這麼說了，我們當然沒有意見。媽等這天很久了。

「太好了，媽終於可以回家了。」小球雀躍不已。

「是啊，太好了呢！」我笑嘻嘻，搖搖小球的馬尾。

媽很高興，像個小孩子般開始收拾東西，隔天要去遠足似的。

我在一旁根本幫不上忙，只能看著媽施展魔法。

媽收拾東西有一套整齊的理論，如果是我來裝，一定會大袋小袋零零落落，而媽卻能分門別類，用最少的袋子將東西打包好。

昨天中午藥局休息，爸開車來將大部分的行李載走；而哥正在新家監工，冷氣、五組家具的工人同一天到齊，忙得不可開交，但顯然已趕不及讓媽在出院後住乾淨的新家調養。

很遺憾，我們預估至少還需要兩個禮拜的時間，才能將新家弄成一個樣子。那時媽恐怕又住進醫院，進行第二次的化療。

昨天深夜爸載我去桃園跟弟弟會合，參加今天外婆的告別式。那天據說是今年冬天最冷的一天，又整天下雨，沒有穿外套的我一直用內力禦寒，結果還是被凍得一塌糊塗。

少了媽的外婆告別式，那寒冷的雨似乎說了些什麼。

今天晚上，媽終於回到熟悉的家裡，在二〇〇四年的最後一天。

如果這是一篇小說，我會寫上：「希望所有的不幸與憂傷，從此都停留在二〇〇四年。」

可惜不是，這是現實人生。

我只知道在新的一年裡，每一天要好好珍惜，然後努力。

但有些東西想珍惜也沒機會了。

我終究沒等到毛毛狗的讀秒電話，她的新年跨越，已經不屬於我。

momkiss

2005.02.23

現在是二〇〇五年二月二十三日，距離上次最後的病榻陪伴記錄，已經過了五十四天。

隔了五十四天沒有記錄，媽現在已經躺在我的身旁，進行著第三次的化療。中間當然發生了很多事，我試著將幾件印象深刻的部分傾倒出來。

媽很介意，第一次化療住院期就在醫院待了四十天，太多了，住到無法擺脫一種遙遙無期的恐慌感，每天發燒又發燒，發現結核菌、人工導管爆破移除，諸多困厄都阻擋著媽走出彰基的大門，然後外婆又在此刻病逝，使得只能困鎖在病床上的媽更加無力。

回家後，媽開始記恨在醫院多待的兩個禮拜，寫給小舅舅跟大舅媽的信裡都不斷提及此事，而大舅舅與五姨到彰化探望媽時，媽也很堅定地表示，醫院應該在她第二次化療住院時「還她一個公道」。

媽果然很可愛。

我必須承認，媽出院後我就一股腦鬆懈下來，像一條傻呼呼的大便，每天夥同Puma睡到中午才起床，早餐就由其他家人幫媽打點，我只負責中午之後的餐點採買，跟陪在媽身邊寫小說這樣的事（那時我們一起看完了大長今重播、天國的階梯重播，是八大戲劇台的忠實擁護者）。

說起來也不只是我，媽一病，家裡有許多「盲點」頓時一一浮現，這些盲點照映著平時我們有多麼放任自己忽視這個家。

媽平時都在樓上休憩。因為如果在一樓店面，許多熟客、鄰居、藥廠業務必定會纏著媽慰問之類的，雖是好意，但媽鐵定不能好好休息，還得花上許多口舌說明自己的病情、甚至反過來安慰對方世事無常別想太多之類的，所以乾脆在樓上看電視睡覺；再說待在人潮來往的一樓店面，也不符合自我隔離。

有一天晚上，藥局打烊，媽到一樓整理帳冊與印鑑，走過飲水機旁時，赫然發現塑膠殼上都是灰塵；媽默默拿起抹布擦了起來，看得我們大驚失色，慌亂地叫媽在旁休息，就這樣，懷抱著內疚與不安的情緒下，每個人都拿起了抹布開始清理一樓的櫥櫃與玻璃，就連從沒拿過抹布的爸也開始想辦法找東西擦。媽這才喃喃念了起來，說怎麼可能都沒有人注意到已經髒成那副德行的飲水機……

又有一天晚上店打烊，我們在樓下突然聞到一陣和著醬油的熟悉蛋香，上樓察看，果然是媽偷偷摸摸潛進廚房，炒起我最愛的媽媽牌醬油炒蛋，鍋子上還煮著快要滾開的番茄湯。大家都笑了，開始幫忙端碗拿筷。媽穿梭在廚房與飯廳的小小身影，永遠都是這個家味道的起點。

momkiss

媽說了一個關於過年的可愛故事。

當媽還是個小鬼時，阿公帶著小鬼媽到處串門子拜年，那時鄉下大家都很窮，物資貧乏，但人情卻是出奇的濃厚。阿公手裡僅僅拿著六顆橘子，每到一戶人家就將其中兩個橘子恭恭敬敬奉上，在客廳寒暄聊天完起身要走時，對方便從室內再拿出另外兩個橘子回送，讓阿公繼續帶著往其他人家拜年。

就這樣，拿著總數不變卻是一再更換的六顆橘子，媽跟著阿公從村頭拜年到村尾。大家都很有默契，一種我稱之為溫馨的共識。

但媽回家靜養後，並非每個部分都如此美好。當時家裡處於一種很詭異的氣氛，也有一些隱性的衝突一直埋在生活裡。

爸變得很敏感，很容易陷入沮喪，或者跟家裡每個人因小事生氣。爸也開始懷疑自己的成就並不被大家認同，例如擔任許多工會的理事長與扶輪社社長等，而變得有些悵然若失。

但爸在媽病後，將退出扶輪社當作一項很重大的犧牲，我實在無法苟同，因為連爸自己都不認同自己所待的扶輪社是個好社團。記得那次是在往桃園外婆告別式的車上，爸又重提此事，我忍不住跟爸說，哥認為如果媽的病治不好，就算他順利取得博士學位也沒有意義，所以哥現在向學校的指導教授請假專心照顧媽，這才叫做犧牲……所謂的犧牲，就是拿很珍貴、很看重的東西當作籌碼才能作數，退出一個自己都無法認同的社團怎能作數？

其實我們兄弟並非不認同爸追求的事業與頭銜，但就跟哥勸解爸的說法一樣，爸在追求成就的過程中缺少了體貼。很多的體貼。現在開始學習溫柔，並不遲。

另外，奶奶變得很不知所措，她很想幫上忙，也很努力將自己鑲嵌在幫助媽媽的結構裡，卻一直在飲食的處理上與大家意見不合。說不合也不盡然，奶奶是一個很願意退讓的人，只是……她也有暗暗堅持的一套勤儉原則，希望別人都別去打擾她這個部分。

舉例來說，奶奶一開始並不吃我們從外面買回來的自助餐，或是只吃上一次自助餐吃剩的菜，只因為奶奶認定我們買回來的東西只屬於媽媽的，而不是全家人的，如果我們為了速食的高熱量（紅血球的最愛），買了一桶炸雞薯條回來，奶奶便會催促媽快點吃，並強調那是我們特定為媽量身訂做的，但自己卻不肯碰。

我的個性屬於什麼都無所謂，我很尊重每個人的自由意志，如果家裡有人迷上吃鞭炮或吃碎玻璃，我也只會負責拍照留念。但哥就是那種「哥哥會有的個性」，他處心積慮跟奶奶解釋並堅持，買回來的東西就是大家一起吃，有好補品就是大家一起補，家裡不需要有人負責吃掉剩菜。有一天晚上奶奶一個人煮著已經發臭的魚肉要吃，哥見了大火，於是拿了一個大碗公將所有剩菜吃掉，才讓奶奶嚇到退步。

奶奶當然也有可愛之處，雖然奶奶二十年來並無下廚的經驗，但在媽的指點下弄出一鍋雞湯後，媽只說了一次好喝，接下來的一整個禮拜就是雞湯週。然後媽又讚了一次地瓜湯好喝，於是我們又經歷了一整個禮拜的地瓜湯震撼。

幸好這樣的氣氛已經改善很多，而在這樣的氣氛之外，許多親戚或一些我意想不到的人，如電影製作公司，如柴姐，都跟我說他們都有在網路上看《媽，親一下》連載，問我這段期間為什麼沒有繼續寫下去……

啊！因為要趕稿啊！

2005.02.24

那麼就從二〇〇五年一月十四日，媽入院做第二次的化學治療開始說起吧。

第二次的實際化療只做了五天，也就是五包Ara-C，在醫院沒有人願意做port-A（一種位於肩膀間的人工血管，可用半年以上）手術的情況下，主治醫生乾脆也不做埋在手臂底、更簡單的人工導管了。

媽只好兩隻手輪流注射點滴，每三天就要挨新的一針，如果遇上一邊注射藥劑一邊輸血的情況，就得兩隻手同時挨針。媽自己是鬆了口氣，畢竟「手術」兩個字聽起來就很恐怖，但我跟哥可是很煩惱，因為連續換手挨針，容易造成靜脈硬化或等等因血管脆弱而迸發的種種問題。

而由於媽有肺結核，怕傳染給其他的病人，我們僅能選擇費用昂貴的單人房，扣掉健保補助的部分，一天要價兩千五百塊。嘖嘖。

單人房當然比較舒服自在，我將筆記型電腦放在小茶几上，開始瘋狂在病房裡趕稿，《殺手》系列、《獵命師傳奇》前三集、短篇集、《少林寺第八銅人》修稿，就是在這樣的氛圍底下一一與我鏖戰。

很有氣質的網友月光姆奈傳給我一通簡訊，裡頭說得好，單人房的品質可不是雙人房的兩倍。

momkiss

在單人房，講話不必用氣音，東西可以隨處擺，每個兄弟都可以有自己的位子，最重要的，電視可以自由切轉。於是媽定期收看八大戲劇台的《巴黎戀人》、繼續收看《天國的階梯》與《冷暖人間》。而我則愛上動物星球頻道。

動物星球頻道有次一個印度老虎的特輯，令我印象深刻。

影片記錄者鎖定一隻剛剛生下兩隻小老虎的雌虎（公虎跑哪了就不知道了）追蹤；這隻雌虎驍勇善戰，是罕見的能手，她獨自帶著兩隻顢頇笨拙的小老虎，教導他們狩獵，示範如何屏氣凝神一步步接近獵物，如何調整等待與暴衝的節奏，如何在河邊與巨大的鱷魚爭食羚羊或斑馬等等。

我看著兩隻年幼的老虎動作一模一樣地朝一群正在吃草的羚羊匍匐前進，卻屢次露了餡導致羚羊群提前警覺離開，感到非常好笑。

但好景不常。等到小老虎兩歲的時候，這三隻相依為命的老虎的地盤，出現了不速之客——一隻非常強壯的公虎。

原本我以為老虎長到兩歲就已經非常成熟，但看著電視畫面，那隻闖入的公虎身軀還要大上個兩倍，骨架也比雌虎魁梧。記錄者解釋，老虎要等到四歲才足以獨當一面，屆時才會離開母親，到另一個地方開拓屬於自己的王國（公虎的地盤通常是雌虎的三到四倍大！）。在此之前，小老虎完全不是成年老虎的對手。

在記錄者憂心忡忡的口白中，我也開始不安起來。闖入的公老虎帶給這三隻老虎極大的威脅，記錄者回想起多年前他看過很殘酷的一幕……雄老虎無情地殺死並非他親生的一堆小老虎，黑白的老舊照片中，七、八隻小老虎的屍體堆成一排，看了令人鼻酸。

此時，有義務保護兩隻小老虎的雌虎正面臨這樣的戮子壓力，因為這頭公虎三不五時就來騷擾她，一臉想要交配。

公虎很明白，他必須殺死兩隻小虎才能解除雌虎「作為母親的責任」，他正在觀察這樣的縫隙。雌虎毫不含糊，奮力擊退了公虎一次，還弄傷了公虎的爪子，但公虎還是盤桓在附近，真的是虎視眈眈。

雌虎很清楚，她是無法繼續保護孩子們長大了，只是雌虎並未將所有的狩獵技巧傳授給兩個孩子，在這樣的情況下，即使幼虎離開到外地，除了被更兇猛的動物反獵殺外，更可能生生餓死。

雌虎在公虎迴盪不去的低吼聲中，陷入了幾天的長考。

最後，記錄者拍到了他難以想像的畫面。

在一條山道上，雌虎躺臥在地，向兩隻幼虎示意，於是兩隻幼虎偎了過去，撒嬌似地吸吮著雌虎早已泌不出奶汁的乳房，斷奶已久的兩虎無限眷戀似擠成了一團。

三隻虎磨蹭了好一陣子，終於，兩隻幼虎起身抖擻，在雌虎的低吼聲中昂首闊步離去。就這樣離開了不惜一切保護他們的母親。

「……這代表了再見嗎？」記錄者喃喃自語。

我看著這不可思議的鏡頭發愣，這簡直就是迪士尼卡通的橋段啊。

記錄者鍥而不捨地追蹤後續。五個月後，原地盤上的雌虎再度懷孕，當初威脅恐嚇她的公虎現在反成了她跟新孩子的庇護者。但離開的兩隻幼虎遲遲沒有下落，很有可能，是在大自然的無情淘汰下飢餓而死。

直到有一天，坐在吉普車上巡邏的記錄者在一片大林子裡看見其中一隻當初的幼虎（斷掉的尾巴成了辨識特徵）。兩歲半的幼虎雖然略顯削瘦，但終究繼承了母親的自信，對著一隻兇猛的懶熊大吼，宣示自己的地盤，一陣僵持後終於嚇退了懶熊。

「我們可以確定，雌虎至少成功地讓一隻幼虎活了下來。」記錄者說。

這不是什麼小故事大道理，我也不清楚能夠從這段動物紀錄片中得到什麼啟發。

但半夜的電視螢光幕前的我，感動得不能自已。

〔小插曲〕

照顧媽的過程中，出現許多「盡力並不一定最好」的情況。

我們怕媽在過度的沉默中容易「想太多」，於是常常講一些生活中好笑的事給媽聽，然而也會出現反效果。

媽對我們的「表演」開始不耐，覺得我們常常忙著逗她笑，卻疏忽了她人在不舒服，並沒有那個心情回應；所以她鄭重警告我們不要再總是搞笑了，也叫我不要再比一些奇怪的搞笑姿勢，她看了就很難過。

我實在是有些沮喪，不過設身處地，搞笑會出現這樣的副作用也是很合乎邏輯的。

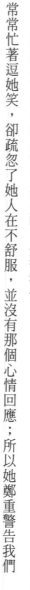

第二次的化療出奇的順利。

媽的嘴很靈驗，她向老天爺討的公道真著落下來。短短發燒了三天左右，媽的狀況就穩定下來，之後的血球報告都不錯，於是只住了十八天，醫生便宣佈媽可以出院了，比起上次漫漫無期的四十天，總算天理昭彰。

醫生這一宣佈，我們都鬆了一口氣，畢竟當時距離除夕過年剩不到一個禮拜，我們多希望媽可以在家裡過舊曆年。

在這段堪稱順暢的治療期間，媽跟我們都很感謝第一次住院認識的護士王金玉。金玉姐在照料媽的時候很細心，也會跟媽閒話家常，給媽很能信任的託付感。此次住院，媽因為恐懼跟上次住院一樣波波折折，心中一直很不安，哥跟我商議了一下，便厚著臉皮跑去護理站，請金玉姐到病房找媽「加持」一下。

金玉姐在得知自己在媽心中的地位時也蠻感動，不管當天有沒有排到媽的班，每次下班前都會到病房來探望媽，跟媽說些話再走。金玉姐說，能讓一個病人記住她並產生莫大信任，是她當護士以來最大的驕傲。

唉，其實我們才開心，可以遇上一個這麼好的護士紓解媽偶爾即來的困頓感。

在醫院裡，我們遇到形形色色的護士。有些護士像戰士，每個動作都用迅雷不及掩耳的速度完成，弄得我們也跟著緊張起來；有的護士非常厭煩跟病人對話，有的護士卻會主動逗病人說些什麼；有的護士嗓門很大，每次進房都精神奕奕，我們也因此沾染了不少活力。

依照我的觀察，通常是已經有了小孩的護士比較能善體人意，但不管是哪一型的白衣天使，將工作視為「職業」或是「職志」，在照料病人的動作中都會將其中分別流露出來。

我們無法要求更多，但總是祈禱幸運。

2005.02.25

現在媽已經在家裡過完了年，到彰基回診，開始了第三次的化學治療。

由於媽有肺結核感染，所以我們還是得住在單人房，保護別人也優待自己。

在醫院病床爆滿的情況下，媽回到家裡多休息了一個禮拜，我也得以按照原先的計畫，上台北參加新書《獵命師傳奇》在國際書展的簽名會，順便到北醫拿乙種診斷書（我有椎間盤突出，不過最屌的還是我有先天性脊髓腔閉鎖不全，核磁共振的照片很帥，考慮放在某本書的作者介紹），祈禱複檢的醫生能夠明察秋毫，讓我通過替代役體位當幾天的兵，好繼續待在彰化照顧媽，不然實在很難想像半年之後，哥去服國防役，弟跑去老師實習，會由誰持續這樣的陪伴。

「對不起，原來你還在我的肚子裡就是那個樣子了。」當初媽聽到我的脊髓腔尾巴沒有像正常人一樣收斂起來，而是花開大放、在末端結了幾個神經囊腫後，這麼可愛地跟我道歉。

「啊？那個是我放靈感的地方啦。」我一臉恍然大悟：「搞了半天原來是放那裡，難怪我小說怎麼寫都寫不完。」

今天是第三次化療的第五天，媽的胃口已開始變差，腸胃也不是很舒服，但還是把握機會努力吃東西。一個小時前趁著胃好些，媽趕緊嗑了一個巴掌大的熱呼呼烤地瓜。

媽正在我旁邊，戴著老花眼鏡，翻著很好看的壹週刊。媽看雜誌跟看書一樣，習慣從第一頁好整以暇翻起，遇到不認識的明星的八卦新聞，還是想辦法了解看看。「我怕我漏看了什麼。」媽這麼解釋。

重新回到了彰基，很快又回到前一陣子的陪伴節奏，週遭的小吃店在賣什麼都被我摸得一清二楚，每個店員的臉孔都太熟悉。

現在媽的白血球還沒開始降低，再過幾天，就會出現拿著溫度計不定時記錄體溫變化的狀況。希望媽這次也能夠像第二次化療那般順利。

為了把握每個機會傳道，彰基的電梯裡總是貼著很久才更新一次的小故事大道理；每部電梯裡的小故事都不大一樣，絕大部分都非常無聊。但有些小故事寫得挺有趣，如果一次不能看完，好奇心重的我下次搭電梯就會想辦法搭同一部，有一次我為了看完一個奇怪小故事的荒謬結論，硬是在半夜等某部電梯配合我下樓。

既然這是一個跟母愛有關的疾病陪伴記錄，就來寫個我印象很深的相關小故事。

據說國外有個動物研究中心做了以下的「有趣」實驗。研究人員用山雉的蛋，偷偷換掉母雞下的蛋，沒想到母雞起先只是一愣，卻毫不介懷繼續孵陌生的山雉蛋。小山雉出生後，令研究人員驚異不已的是，母雞開始掘土尋覓小蟲，然後啣給天生就不吃人工飼料的小山雉。

研究人員再接再厲，第二次換掉母雞正在孵的雞蛋，替之以鴨子蛋，等著看好戲。結果小鴨出生後不久，不會游泳的母雞便帶著小鴨子到池邊，讓小鴨子自己慢慢適應水性，自己在一旁守護。

不管是山雉或是鴨子，母雞都能用智慧察覺這些小東西與自己的不同，並用母愛找出應對的教養方式。所以這個貼在電梯裡的故事結尾明示，除了母雞的智慧比我們想像的還要高外，最主要是告訴我們母愛無差等的偉大。

但我一直在想，既然母雞這麼聰明，在這個「有趣」實驗的背後，那隻默默付出的母雞女士，一定非常想念那顆不知道被偷到哪去的小雞蛋吧。

昨天《巴黎戀人》播畢，媽正在看重播的《冬季戀歌》。實話說我不喜歡裴勇俊，

momkiss

原因說不上來，大抵我對明星的喜好都是建立在很直覺的觀感上吧，所以也沒討厭這位戴眼鏡的麵包超人到，需要列進「如果我變身成隱形人一天，一定要打的十個人」名單裡的地步。

韓劇巴黎戀人裡，有句經典台詞很有意思：「你沒有回憶，只有記憶。」這句話當然是玩弄文字的成分居多，但不知不覺還是會被感動。

在媽的身邊寫些回憶母子之間的東西，感覺一點都不矛盾，還有種神祕的默契似的。

想起了那段天天吃媽媽做的便當的日子。

為了省餐費，媽從國小開始就常常準備便當，讓爸載去學校給我們，如果忙不過來，才會給我們五十塊一百塊的去福利社打發。小時候就算了，到了高中還被送便當其實有點窘，好像一直長不大。有時候爸送遲了，我還得用非常快的速度把便當吃完。

關於媽媽做的便當，週遭的同學總是非常好奇，或是「幫我好奇」裡面裝的會是什麼，如果出現我最喜歡的紅色炒飯，大家就會很羨慕，該邊跟智障偶爾會跑來問我有沒有什麼東西是不吃的，然後拿著筷子準備攻擊。

想到拿便當就想到兩個小故事。

從高一開始我就很清楚我這一屆最漂亮的女生是哪一班哪一個（是的，這種事開學一個月以內就要很清楚，這是身為視姦界椅子人的責任），我們就給她個代號，叫「女孩」吧！

每次我去側門拿完便當，要回教室時，都會在走廊上「經過」女孩。這麼說有點奇怪，不過我總覺得是女孩刻意駐足在走廊上，好讓我「經過」。雖然我的靈魂好色，但我的身體裡同樣擠了一個叫羞澀的混蛋，所以即使我很注意女孩，但真正經過她身邊的時候，我總是不敢正眼看她，眼睛正視前方，再用不可思議的瞥眼感受女孩美麗的身影。但每一次，我的身子都直挺挺地就走了過去。

女孩有時一個人，但大多有另一個女生陪著她說話。

女孩總是留著短髮，穿橘色運動服的時候很可愛。

女孩穿窄小制服裙時，小腿的弧度美得無法形容。

女孩長得很像稚氣未脫的李麗珍，沒有人追得到。

乍看是個校園愛情小說的開場，但卻沒有校園愛情小說的內容，因為我始終不是校園愛情小說裡的主角。

很快的，我高三了，我開始懷疑，這女孩是不是有點喜歡我，所以才會一直讓我這麼「經過」三年？

雖然我個子不高又有一頭致命的捲髮，兼之行為乖張，整個年級都知道我喜歡的是另一個社會組的女生，但……畢竟我從以前就是出了名瘋狂的校園人物，又一向給人聰明的假象，對這位沒有人追得到的女孩來說，說不定，我還是有「賣點」？

越是這麼胡思亂想，我就越是停留在胡思亂想而已。無法前進。

直到有一天快畢業了，大家都在教室裡為對方的書包簽名塗鴉時，陽光灑落的走廊上，我再度拿著媽媽牌便當「經過」女孩。

突然，我聽到一聲非常震撼的吼叫……

「少臭美！」

啊！我愣住了，往旁邊一看，那女孩臉紅脖子粗，瞪著我。

我無法言語，身體卻下意識地帶著我走回教室，沒有「做點什麼」。

是的，我沒有做點什麼，就這樣呆呆坐在教室的位子上，心臟一直猛跳，坦白說，超級興奮，整個腦袋一直重播那尷尬的畫面。

女孩為什麼跟我說「少臭美」？我明明就沒看過她一眼啊，她怎麼可能知道我早就喜歡上她？（同時喜歡很多個女生，是每一個鐵血男子漢焠鍊靈魂的必經之路。）

「小柯，她應該是對你有意思。」柚子。

「小柯，我覺得你想太多了。」娃娃魚。

「小柯，你應該找她把話問清楚。」婷八。

事實究竟如何，我真的不知道。

多半是女孩認為我認為她喜歡我，所以她就認為我這個認為她喜歡我的人是個非常臭美的傢伙，可偏偏她只是一個很喜歡黏在走廊上講話的女生。於是對我吼叫，宣示她的憤怒！

不過也有可能——是女孩注意到身為一個大美女的她，我怎麼可能每次經過都不看她一眼？所以便精準地判斷我是那種「在人群中就是不會跟喜歡的女生說話」那型的男生，而女孩好死不死很喜歡我，給了我三年的機會搭訕她，我卻白白放過……共計放過了九百多次的機會，終於忍不住憤怒大吼，希望我在畢業前能稍微追她個一、兩下。不過若事實並非如此，顯然我真的非常臭美。

我沒有時光機，只好一直蹲在青澀的回憶裡，看著女孩無懈可擊的小腿發愣。

關於便當的第二個故事，就很爆笑了。

我的鼻子不好，鼻竇炎還是過敏性鼻炎之類的從小糾纏著我。整個高中三年，媽都在小麥草汁裡加點蜂蜜，裝在半透明塑膠杯子跟便當一起送來給我喝。

在一九九三年的當時，生機飲食還不構成所謂的風氣，小麥草汁顏色翠綠，非常詭異，氣味更是匪夷所思，大家根本無從知道那是什麼鬼東東。有時媽沒加蜂蜜，而是亂加奶粉沖泡，那混濁的模樣就更驚心動魄了。

坐在隔壁的謝同學看我總是要捏著鼻子一鼓作氣乾了小麥草汁，好奇地問我那是什麼。我這個人就是沒事愛唬爛，於是隨口說：「這是蠶寶寶的屍體打成的汁，又香又濃喔。」沒想到隔壁的謝同學一個冷笑，說你放屁。

我放屁？這倒激發了我信手捻來的雄心壯志。

「因為我鼻子不好，中醫師說把蠶寶寶打成汁，可以治療鼻子，不過因為實在太難喝了，所以才加了蜂蜜。畢竟蜂蜜也有治鼻子的功能啊，不信你喝喝看啊。」我拿給謝同學聞，他立刻皺著眉頭說，果然有噁心的味道。

後來這個白癡的謝同學成了「蠶寶寶汁」的忠實信徒，以後有別的同學問我我到底在喝什麼，他就一副很懂的樣子搶著說：「那個是蠶寶寶汁，真的，很噁心！」或用一種很鄙夷的表情說：「柯景騰是個大變態，那種蠶寶寶汁也喝得下去，佩服佩服……」

有人幫我背書，可信的成分暴增，於是慢慢的大家都以為我天天都在吃蠶寶寶恐怖的屁液，我也進一步精緻化了這套論述。比如說這不是市面上一般的蠶寶寶啦、或是李時珍的本草綱目裡早就有記載了不信去查啊（結果證明這世界上勤勞的人真的很少）、哪一間中藥材行有在賣這種特殊的「藥用蠶寶寶」不信去買啊等等，充分展現出一個偉大放屁家該有的風範。

結果到了快畢業的時候，我才用挖鼻孔的奸笑姿態跟大家揭破這唬爛的真相，一直坐在我旁邊的那位同學一個大驚，表示他絕對不相信這是場騙局，我一定只是想洗刷「柯景騰＝喝蠶寶寶屁液的怪人」的惡名。

喂！謝澧昱大笨蛋！清醒點！

2005.03.20

現在正坐在前往台北的火車上，剛剛寫完一個超屌的殺手中篇，出發前寄出了獵命師第二集的校稿。

我的時間正被不斷壓縮著，尤其擔心申請體位複檢沒通過，還是得去服役。屆時不再有時間寫小說，只好趁現在多多壓榨自己。

媽已經做完第三次化療，在新家休養了一個星期。

應該說是福氣吧，媽第三次化療比第二次化療還要順利，幾乎沒有媽最煩惱的發燒，輸了一次血漿跟一次血小板，情況很穩定。

但媽出院後，當天下午就在家裡畏寒起來，一量體溫，竟然高達三十八度九。此後媽的頭就一直很痛很痛，將普拿疼照三餐吃，卻苦苦控制不了。

然後是體重下滑，現在只剩三十六公斤。

媽開始在哥面前掉淚，泣訴自己已經很努力吃了，為什麼還是看不到體重爬升，怎麼會這麼辛苦？

媽更擔心自己的病況，擔心治不好，並開始感嘆郭台銘貴為台灣首富，罹癌的妻子還是撒手人寰。

媽也在一堆問題上打轉……為什麼人會生病？為什麼生病的會是她？

生病的人困在病床上，對生死的問題纏念的程度不是我們所能想像的，只能體諒。或試著體諒。媽的氣餒也挫折著陪伴身旁的我們。

前幾天跟朋友看了電影《全民情聖》（Hitch），威爾史密斯在裡頭有句對白：「每一天早上醒來，都要很有目標的活著。」

我沒有什麼特別的目標，但大抵還是會完成每天五千字的小說書寫。有三、四個故事可以寫，要挑哪一個？長篇短篇？或是將時間施捨給有同樣意義的閱讀。最後在睡覺時了無遺憾。

面臨生死問題的人，要怎麼訂定一天的目標？或者，有心情訂定一天的目標嗎？

媽曾經說，她常常不知道自己應該「想」什麼才好。既看不下書，做什麼也提不起勁。以前在藥局忙碌到事情都做不完，每天都要忙到凌晨一點才能闔眼，現在一清靜，想睡就睡，卻沒了目標。

只見媽反覆看著我們從網路上印下來的抗癌資料，特別是治癒率的統計。偶爾跟媽一起坐在客廳看電影，媽還會不知不覺睡著。

媽該享清福了。

一想到這裡，就覺得很無力。

別人家的孩子都已經工作很久了，我們家兄弟卻還在讀書，雖然一路就學貸款，在經濟上不見得給家裡帶來負擔，卻無法讓媽退休好好休息，培養將來有時間休息了就可以去做的興趣。

據說夢想可以支撐一個人。

自從在北醫照完了MRI核磁共振，我時不時就在幻想，如果我的脊髓腔末端的那些囊腫，不是水囊也不是良性腫瘤，而是惡性腫瘤的話，我會有什麼樣的反應？假設剩下五年的生命，我會怎麼「有目標」地過完五年的生活？

我的個性一直有很濃厚的浪漫面，答案非常明顯。我會瘋狂地寫作，用按壞鍵盤的力道，在五年的時間完成一個人五十年才能完竟的夢想。越接近死亡，就越照見靈魂的光澤。

但媽太愛我們了，以至於媽的夢想都在我們的身上。所以在這段療養的時間裡，無法也想不太出除了好好照顧自己身體外的事情做。

媽的夢想之一，就是擁有一個完全屬於我們自己的新家。我們用一大堆貸款，跟大量的心血與汗水倉促達成了，真的很希望媽能夠享受在當下的幸福裡。

然後頭別再痛了。

2005.03.27

剛剛從阿拓北投的家出來，正坐在開往台北車站的捷運上。

心情真好。

由於並非每個在看這篇文章的人都清楚我一路走來的故事，所以化簡為繁地說明。我寫了一個故事，叫《等一個人咖啡》，裡頭的主角採借真實世界裡的網友阿拓，個性的原型與故事角色設定彼此靠近。是我第一個沒有超能力的故事orz。

而真實世界裡的阿拓，在去年十月因一場在中正大學聯外道路上的車禍，在慈濟大林醫院過世了。

阿拓從出事、病危、到拔管捐眼角膜，都有超多的朋友在醫院排班守候，數百網友在線上「集氣」祈禱、給予祝福，吸引大批媒體追蹤報導，報紙、電視、網媒（媒體這議題始終是圍繞在阿拓身邊的人必須面對的課題）。

據慈濟義工說，他們從未見過這麼快原諒肇事者的家屬（拓爸說，一個家庭難過就夠了），也從沒見過這麼幽默與亡者道別的家屬，也從未見過總是有這麼大批朋友無日無夜守在病房外的溫暖。於是慈濟大愛台決定要拍阿拓的真人故事。

要成就一個戲，劇組必須訪談很多人。拓爸拓媽，乃至於有緣用阿拓當故事主角的我。阿拓的同學與朋友大多在嘉義，想必緊接著也會輪到。

momokiss

我一直很在意拓爸拓媽對我，與《等一個人咖啡》的觀感，對於阿拓，我心中有一塊土地正需要拓爸拓媽救贖。懷著一定要跟阿拓家人說說話的意念，我沒有待在彰化等劇組訪問，就這樣特地跑到了台北。

到了台北，離約定的時間尚早，我在北投捷運站附近的麥當勞寫殺手系列的小說，一邊在記憶中回溯阿拓與我之間發生的事件（兩件事並不矛盾，我不是那種需要專心致志才能敲鍵盤的人）。

照理說，我此行的任務是要提供大愛的劇組敲鑿阿拓個性痕跡的幾個方向，好讓他們能在呈現大愛精神時，還能兼顧到讓那個「過度熱情」、「吼！你真的很黏喔！」、「ㄟ，你未免也管太多了吧……」的阿拓能流露出他該有的小鬼面貌。免得大愛精神有了，弄了半天那個主角除了名字一樣其他通通不對勁（就這點，我相信與阿拓朝夕相處的朋友能夠做得更好數倍）。

坐在麥當勞，吃完了沙拉跟魚堡，鍵盤上的手也停了。

不怎麼對勁。

我是個很容易反省對自己深切動機的背後更深切動機的人，所以我很快就發現自己把這趟行程的目的給搞錯了。

事實上，我發覺劇組要怎麼拍或是我要跟劇組說什麼，對我來說好像不是那麼重要，對我來說，我很希望藉由這次機會見見阿拓的家人，跟他們形容我所知道的熱心鬼阿拓，讓他們知道阿拓與我之間來說並非廉價的「作家／讀者／角色」這樣的三元關係。這才是主要的內在動機。

嗯，就是這樣。

循著住址，來到阿拓生長的家。是個異常乾淨的明亮空間，一塵不染絕不是過溢的修辭。拓媽大概突然多了很多時間打掃房子？

劇組還沒到，拓爸跟我聊完了半杯熱水，阿拓媽媽已煮好了飯菜。真後悔剛剛吃了個魚堡幹嘛啊。

阿拓媽媽說，自從阿拓過世後，她只煮過兩次飯菜，因為沒有心情。為我破了例，我自是非常感動。

飯菜很多，於是我們也聊了很多。

我從跟阿拓第一次見面的狀況說起，那是在《臥底》簽書會後，阿拓參加了國度網站的站聚。站聚吃飯的地方哭八貴，阿拓到得晚，我們幾乎都吃光光，就快散會了。他一副毫不加掩飾「好險，這裡實在太貴了」的臉，讓我留下了這個人很真實的印象。直截了當拒絕吃太貴的東西，比厚著臉皮硬撐的模樣，才是表現自己的勇敢。

但散會後發生了可怕的事。我跟前女友毛毛狗要離開還要去續攤的大家，打算去西門町約會，而阿拓這位我口中的裝熟魔人，立刻展現他與人相處的熱血哲學：「請注意！我要開始跟你熟起來囉！」阿拓開始黏著我跟毛毛狗，憂心忡忡地帶著我們去搭公車，絲毫聽不進我來台北很多次，而毛毛狗根本就是台北人的事實，甚至還尾隨我們搭捷運，並講解如何搭捷運到西門町。生怕我們一不小心就會被這個城市給吃了似的囉唆。

就這樣，阿拓用他的過溢熱情開啟了我們之間的認識。

每次他開FTP給我抓東西，只要我一個停止下載，他的信就會飆過來，問我是不是下載出了問題，他重新開放會調整設定再給我抓。我偷偷亂載他喜歡的女生照片，他也會第一時間興致沖沖地問我這女孩子是不是挺不賴的（哪敢批評啊）。最後因為我實在抓得太慢，阿拓乾脆把動畫燒出來給我。是吸血鬼的hellsing。

阿拓被二一的時候，會很唐突地打電話給我，抱怨他實在非常想轉系，然後賭爛上二十分鐘。

我在bbs板上寫些我跟毛毛狗分手的噩耗，他會更唐突地打電話來，我不接，他的電子信件就開始追著我跑，問我為什麼不接電話；我說，心情不好所以不想接，且要是接了電話我一定說自己的情緒還可以請不需要擔心，但其實我一點也不好，只是想快速結束電話。我以為阿拓理解了，卻只是讓他更擔心。於是我的手機又響了。

我在台中辦板聚，結束後跟阿拓一起去體育場探勘下週曲棍球比賽的場地（阿拓是直排輪社，也會下場打曲棍球，阿拓是守門員），阿拓借我的相機拍照。然後我接到了一通出版社編輯的電話，約我立刻在附近的麥當勞談合作。阿拓騎著機車問我，那個編輯怎麼這樣約時間啊，是不是很難搞？需不需要陪我去？我連忙拒絕。於是阿拓又問，那麼，他在附近閒晃吃個東西等我把事情談完，然後兩人一起騎機車南下，他送我回彰化的家後，再繼續往嘉義的租屋處前進。我嚇了一大跳，這樣實在是太麻煩了，而且我也不是很想騎機車回家，而是打算將機車放在火車站附近，懶洋洋搭火車回彰化。

最後阿拓不知道怎麼亂騎，迷了路，三更半夜跑到八卦山的大佛前，頗有感動地打電話給我，說他總算在命運的安排下來到小說《功夫》的場景。接到電話的當時，我其實是很害怕阿拓會要我出門，在大佛前會合，一起沾染感動……畢竟阿拓就是這樣的人。

一個星期後，為了不讓阿拓失望，我從原本有事的困境中砍出半個下午的時間衝去台中，旁觀大專院校的曲棍球大賽，見識了阿拓當門神的英姿。

英姿？其實阿拓守門守得很遜，還在大太陽底下差點中暑，最後甚至在無關勝負的情況下將盔甲脫掉，換給逢甲大學的門神……一個女生！讓那名女生代替他守住中正大學的球門。

「天～～好丟臉！」我在一旁抓頭，心中瘋狂吶喊。

但見阿拓只是有些靦腆地在旁灌水休息，手上拿著髒髒的筆記本記下「如何當個好門神」的華麗奧義，並漸漸聽不見我亂問他「啊！那個你覺得誰誰誰比較強？」這樣的鳥問題。當時阿拓一個大男孩狂輸給女生的靦腆，跟小說裡追女孩敗給拉子的主角，真有難堪的異曲同工之妙。

阿拓出事前一個星期，我跟阿拓跟卡文豬還一起約吃飯。阿拓硬是找了間很奇怪的日本料理店，那種位在二樓還是三樓、招牌髒髒讓人忽視，在電話裡不斷跟我確認我才勉強找到。據阿拓說，店老闆很有個性，沒有菜單，煮了你就得吃完。真像《等一個人咖啡》裡的場景。弄得我也恍惚起來。

那是我跟阿拓之間最後一次相處。

阿拓說，他一些朋友都說我在《等一個人咖啡》中描述的主角跟現實中的他很像，連「五年後我不會在意的事，現在我也不需要生氣」這句台詞，也是他早有的人生哲學，直誇我觀察力強。啊，觀察力強個大頭鬼！如果阿拓這麼具有侵略性熱情的姿態我都無法體會，那我一定是個很差勁的文字匠。於是我笑笑，心中很替自己能為另一個人找到可以開心很久很久的理由，感到無比榮幸。

但無比榮幸後，我很快就撲倒了。阿拓將我私下告訴他的小說機密，轉告給他的同學。那可是很了不起的機密啊！（事後證明價值一百萬）那時我正在飆《少林寺第八銅人》的結局，因為對小說的結構有所疑慮，在咖啡聚時告訴了五位與會的熟悉面孔，阿拓正是其中之一，並再三強調這可是五星級的祕密Oh my God。沒想到吃飯吃到一半，阿拓振振有辭跟我說他跟那位同學已經替我解決了小說的困境，我嚇了一大跳！心想你這個守不住祕密的傢伙，真值得狠狠踹上一腳！

吃吃喝喝，最後三人在外頭等公車。已經十點多了，喝了酒，身體開始發懶的我只想早點回去寫小說（我一直有這樣的創作焦慮）。而想去二十四小時不打烊的敦南誠品看內褲走光美眉的卡文豬，我就無法奉陪了。阿拓立刻接手，說沒有問題，可以跟卡文豬一道去鬼混幾個小時。

公車來了。

「老大，你最近不是在迷打棒球嗎？」阿拓。

「是啊，現在實力大概在一三〇公里，打一四〇公里我的眼睛會瞎掉。」我。

「那下個禮拜週末，我回台北，我跟小豬跟你三個人再一起去打吧！」阿拓。

「下個禮拜不行啊，我要去金石堂的野葡萄文學座談會。」我說，是真的。

就這樣，我們沒有所謂最後的約定。

然後阿拓就道別了。

一個該打棒球的好天氣，我在金石堂的座談會上呆坐，主持人高翊峰遞上一分蘋果日報。

前幾天，拓媽打電話給我，問我對大愛拍片有什麼看法。我很快回了一封信，說了幾個關於阿拓的側寫，表示我贊成的立場來由。

第一次在故事裡使用阿拓的名字，是在《獵命師傳奇》的信牢命格章卷，有位疏於練功只會拿手槍亂打的吸血鬼小配角，就叫杰特拓。他出場了三千字後，就唏哩呼嚕被主角幹掉了。我將連載小說發表出來後，就收到了阿拓的信，信的大意充滿了極度壓抑的委屈，阿拓說他有練過八極拳，跟小說中那種軟腳蝦的形象差之甚遠，不禁有些感嘆之類的。我看了信，心中大駭，竟然有這種名字被用進小說還抱怨連連的讀者！（所以在獵命師的實體書出版時，我將杰特拓三字改成了阿久津。）

第二次在故事中使用阿拓的名字，就是《等一個人咖啡》。當時我想，這下你總該滿意了吧？名字一模一樣，個性十之八九，連愛玩直排輪都是共通特色，而且是第一男主角！然而《等一個人咖啡》連載到某個階段後，阿拓又來個抱怨：「老大，其實我現在在咖啡店打工，對咖啡的知識跟認識，都遠遠不是書中那個阿拓所比得上的。」大膽抗議著將咖啡當啤酒乾杯的故事角色。真難討好！

我是漫畫《海賊王》的迷，阿拓也很喜歡（男孩子很少不被打動啊！）。在第十五集，

Dr.西爾爾克臨死前暢酒大呼：「一個人什麼時候會死？是被炸藥轟得粉身碎骨？還是被毒蘑菇毒死？不，是當他被這個世界遺忘的時候。」這一段話我也拿去孝敬拓媽。

綜合以上，我很難不認為阿拓那傢伙會放過大大露臉的機會。善於發光，也樂於被聚光的他，這下又給逮到表現一番了。

不知我的意見有無影響，拓媽心底多半也早盤算著某些想法，於是就這麼定案。

吃完了拓媽煮的晚飯，拓爸泡了咖啡請我，比我自己瞎煮的好喝很多。而拓媽非常細心，竟拿出我很愛喝的仙草蜜，說她知道仙草蜜是我的童年美食。害我心花怒放。

值得一提的是，拓媽洗碗的時候，洗手台的日光燈突然咻咻咻閃了起來，拓媽喚拓爸去修理，我直覺衝口而出：「啊，一定是阿拓在。他大概很不滿我怎麼可以這樣說他吧。」

後來我去洗手間小解時，也忍不住抓著鳥，對著空氣說：「阿拓，如果你在的話，再讓燈閃個兩下吧，讓我知道剛剛不是意外。不過別閃太多下，我膽子小。」結果連閃都沒閃，想來我真的是個無聊透頂的人。

七點四十八分，大愛台的編劇人馬開到，氣氛不錯。

製作人，助理，三個編劇，兩台筆記型電腦，一台錄音機，一分過於冗長的拍片說明，一堆笑聲。

我開始將我所認識的阿拓的某些角度提供出來。阿拓的朋友或許都會擔心，阿拓的模樣會被戲劇過度渲染或神化，變成不倫不類的尷尬。其實會不會有這樣怪怪的戲劇效果，一方面是在提供故事的人如何敲打阿拓的姿態，另一方面則是劇組在接收這些資訊、反芻後決定呈現的面向，演員詮釋的能力則是其三。

提供很人性的阿拓，在熱心兩字前加上「過度」兩字的阿拓，是我所認識的角度，將這部分提供出來後，我就大功告成滿足。拓爸則提供了一直出狀況嚷著爸不可理喻的阿拓，拓媽則提供了會偷錢又會懺悔的阿拓，都很真實，人性得可愛。劇組要怎麼萃取出關於阿拓家庭的慈悲，我想給予完全的尊重是理所當然。

說到人性，真的就是一分幽默。幽默的人懂得欣賞別人釋放人性的時刻。

例如拓媽煮了看起來超級好吃的牛肉，問我怎麼不吃，我說沒辦法，為了生病的媽媽發願這輩子不吃牛肉了。然後我說起我老是在回憶最後一次吃牛肉是什麼時候，吃了什麼牛肉。結果答案是清大夜市裡的沙茶牛肉炒飯。真糟糕。

「早知道，就應該去王品大吃一頓再發願。」我苦笑。

拓媽也有這樣一分不加掩飾的人性。

劇組的訪談中，不知怎地拓爸提到了夫妻倆在醫院外的草坪上，談論阿拓的病況。拓爸說算命的先生至今尚無法算出阿拓會遭遇什麼大劫，所以應該沒事。拓媽則說如果這次捱過，一定要擺上好幾桌請客。

「咦？那個時候妳不是還說以後都要吃素？」拓爸。

「吃素？有嗎？」拓媽疑惑。

「有啦，妳有說啦。」拓爸。

「算了，反正又沒有活過來。」拓媽看著我，有點不好意思地苦笑。

就是這樣。

不只如此，其實在訪談過程中，除了拓媽偶爾的掩面哭泣，拓媽一直在亂講阿拓的糗事，真的有練過。

而拓爸除了一直強調阿拓老是出狀況，流露出這孩子小時了了大未必佳的遺憾，卻藉著機械式的、用衛生紙不斷抹拭桌面的動作，去平衡他心中的某種……我稱之為「如果這孩子活過來了，我肯定不再要求他記帳、痛扁他的力道也輕點吧」的嚴父心酸。

訪談過程中，我也提到一直以來我竭力壓抑住的焦慮。即是《等一個人咖啡》畢竟是實體書，在阿拓發生意外後，這個故事開始以不可思議的速度刷過來刷過去，目前位列我出版品中最暢銷的頭銜，還強暴了博客來排行榜第三名N天。

我一直很矛盾。

鑲嵌著阿拓的實體書暢銷，阿拓那傢伙肯定很高興，但畢竟除了阿拓的家人外，沒有人可以代替生了翅膀的他發言，任何這樣的聲稱都可能被冠以很難聽的想像……搭話題順風車，炒作悲劇，廉價的集體悲傷等等。

我在意嗎？一點也不。我是個很臭屁的人，既柔軟又剛強，許多亂七八糟的批評對我來說都可以是不痛不癢。但我很在意阿拓家人對我，以及對這個以阿拓為主角的故事的看法。如果招致阿拓家人任何反彈，對我毋寧都是一記沉重的肝臟攻擊。

告別式之前，阿拓家人訂了兩百本書在現場，並詢問我是否能夠用我跟拓的合照夾黏在書中。我欣然同意，但還是焦慮。於是去信詢問拓姊是否可以帶一狗票網友去送阿拓，拓姊爽快地說越多越屌，最好屌到所有親戚都傻眼。自此我開始感覺到阿拓家人對我與故事抱持正面的觀感應該佔了多數，稍稍放寬了心。

一定得提提阿拓告別式上出的糗。

幹。真的是被陷害。對，就是阿拓害的。

阿拓在苗栗銅鑼的老家很漂亮，有山有水的那種漂亮，所以當時我們一大堆網友趕到（依稀是五十幾人，搭喪家提供的接駁車），我忙著打電話跟自行開車的網友連絡，跟她說告別式的地點超級難找時，會場司儀突然朗聲道：「網友公祭代表，九把刀，請上前致意。」

三小！三小網友代表！

我嚇壞了，在同樣也傻眼了的網友們面前，揹著大背包，侷促地走到阿拓的大照片面前，斷斷續續接受當下發生的慘劇。

我什麼禮節都不懂，忙著講電話也沒看到之前的人怎麼跟喪家家屬致意，要鞠躬呢還是要雙手合十？還是什麼都別做？獻花時接過花後，要跟阿拓鞠躬還是不要？鞠躬的話要一個還是三個？拿香時也是一樣，拜一下還是拜三下？還是要跪下才有得體？幹，我通通不知道，很想摸摸頭靦腆來個招牌傻笑，說：「啊，今天天氣真好。」博君一笑，但顯然會遭到唾棄，所以我只好極盡出糗之能事的瞎幹到底。期間三步外代表家屬的阿拓姊姊面色如冰，更讓我感到壓力沉重，肯定是我搞錯了某些步驟（拓媽事後解釋，說拓姊當時其實很想笑出來。真的假的啦！），心中開始對阿拓有所抱怨。

阿拓的棺木被他的摯友抬起，前往火葬場後，我觀察前後沒有大人在管或注意，趕緊揪著幾個比較熟的網友，跑到阿拓照片前，掀開衣服指著左乳，輕聲喊：「阿拓，來世英雄再見！」唉，本想大喊的，肯定超有感覺，但小鬼到了小鬼的喪禮上，還是感受到大人注重禮教的無形壓力。如果在掀起衣服指乳鬼叫的時候，被大人猛地喝斥，我一定都不會感到意外。

告別式結束後，回到了台北，回到了彰化，回到了沒有阿拓熱情騷擾的世界，我因為我心中那股「書因此賣得瘋狂好」感到極度扭曲的內疚，不敢、也找不到理由跟阿拓家人接觸。直到過新年，我才藉著寄一本《愛情，兩好三壞》（序中提及阿拓意外的影響，以及書中讓阿拓的身影繼續熱絡下去的橋段），跟一張卡片，讓拓媽知道其實阿拓對我來說，從來就不是個用過即丟的角色。

我有時真的很扭捏，想太多。如果從阿拓身上逆推回去他的家人，應早就知道我的擔心都是無中生有的垃圾。

但還是有個疙瘩。

如果我是阿拓的同學，看見很多人就著《等一個人咖啡》故事裡的阿拓發表哀傷的感想，會不會覺得荒謬，覺得情感流於廉價？設身處地，我也可能產生抗拒的反動。如果是，大愛台拍出來的阿拓故事，會不會也產生同樣的副作用？

有點想提的是，大愛戲劇的製作人因為專業的關係，必須一直確認拓媽從孩子身上學習到了什麼、捐贈眼角膜的發念過程等，好從戲裡教化人心。就捐贈眼角膜一事，拓媽說了好幾次，都說是很自然而然的做法，沒有多想，也沒有特別知會阿拓（答案顯然無法滿足製作人 ）。這其實是很自然的善良吧。而從孩子學習到了什麼……就我來說，要說學，其實太嚴肅，但我真切了解到呼應一個人的熱情時，會很明顯地改變有時過於冷漠的自己。

而父母，往往都是從朋友的口中得知自己孩子的另一面。拓媽的情況一定至為鮮明，因為阿拓的生活是如此豐富。如果說有人的興趣是收集郵票、收集球員卡、收集CD，阿拓的興趣便是收集朋友。

在阿拓出事後，拓媽肯定不意揭開了兒子神祕的寶盒，寶盒裡，一個又一個的朋友訴說著阿拓如何強迫參與他們的生活，讓他們一個又一個不再冷漠。我說，認識阿拓到最後，他其實沒什麼變，變的是週遭的我們。

訪談快結束，為了趕末班捷運我先走，拓媽送我到車站。

拓媽說，在助念誦經時正好翻開一本書《天使走過人間》，裡頭第一句話開宗明義就說：「人生沒有意外，很多事都是早已註定好了的。」這樣的想法讓她稍稍安慰。當然，若這句話不成立，阿拓繼續留在身邊不斷騷擾大家，則無疑更棒。

我想起了媽。

媽的病如果是註定好了的劫難，最好是連醫好了也在冥冥安排之中。否則我會憤怒地拒絕接受，衝去牛排店狂嗑牛肉。

「拓媽，送到這裡就可以了。」我說，只差一個斑馬線就到了車站。

我有點不知道該怎麼道別，傻呼呼地伸出手，動作僵硬。

「抱一下。」拓媽說，張開雙手。

於是我們擁抱。

抱了兩次。

我沒有回頭，就這樣走進北投捷運站。

心想，啊，忘記去看看阿拓的房間了。下次有機會吧。

mom,kiss

2005.04.09

最近哥跟弟都不在家。哥去台北忙博士班第一階段的口試，弟去上課。我則寄出了碩士論文的口試邀請（或者該說是哀求），還在等指導老師的回應。但最期待的，是希望逐漸渺茫的兵役複檢結果通知。

媽的頭痛已經緩解很多，這點很讓人欣慰。哥說，如果可以換他頭痛就好了，因為他可以吃好幾種止痛藥壓抑它，但媽顯然沒那個身體條件。

每天待在家裡，我寫小說、看書看漫畫，媽整理家裡、晾衣服活動身子，到了吃飯時間，我就在媽旁邊學煮菜，幫一些連笨蛋也不會出錯的忙，例如挑菜（原來花椰菜要先將莖的硬皮切開剝掉）、削皮、翻動煎魚、煎蛋、放鹽、攪動小魚乾、加沙茶、跟亂開玩笑。然後不知不覺學會了一些簡單的家常菜，例如炒絲瓜跟番茄湯麵等。但最常忙的還是只要有心，人人都會的洗碗吧。其實我很擔心過了我這一手的菜，會不會突然變得很難吃。

我最喜歡跟媽出去走走。

奇怪低溫的春天就要消失，屬於百褶裙的夏天就要到了，這幾天的風都很暖，讓人舒服到隨時睡著都無怨無悔。出去走走，一天都有精神。

前天，媽跟我去附近的五金賣場亂逛後，就買了蔥油餅、甜甜圈、芝麻球，到離家頗近的延平公園野餐。天氣有些陰陰的，如果老天爺不小心下雨，我揹起媽用衝的回家或許還來得及。

公園裡有隻毛很蓬鬆的野狗，長得很像巨大化的Puma，走到我們身邊種芋頭，模樣辛苦。所以沒辦法了，我跟媽將很好吃的蔥油餅分了好幾口給牠，牠意興闌珊地吃著，真是太挑。

我跟媽講起了以前在新竹念書時，跟毛常常餵狗的往事。

那是個我還很窮的年代。什麼工都打的我，貼海報、發傳單、家教、小吃店洗碗、翻山越嶺的手機訊號測試，甚至是藥物實驗，身上的錢罕有超過兩千塊。約會很克難，只看得起二輪電影，跟毛常常兩個人合點一盤冰，在夜市吃一盤俗又大碗的雙分牛排。有次甚至騎車騎到沒有油，只好一路推回交大。

但我很喜歡餵流浪狗。

肯定是受了Puma進入我生命的影響。離家上大學後，有一次在計算機中心上網出來，看見一隻患有皮膚病的狗狗突兀地在走廊上哆嗦，很瘦，很髒，很慘。我沒有什麼太多善良的念頭，只是直覺地到對面的中正堂買根熱狗，然後偷偷領著癩皮狗到計中的廁所裡，將熱狗撥給牠吃。

癩皮狗認真地吃著吃著，我坐在馬桶上，突然無法克制地大哭，近乎崩潰。

老實說，不是因為癩皮狗很慘讓我覺得心疼，而是我突然好想Puma。如果我想媽，或者媽想我，至少都明白我為什麼不在彰化家裡而是在新竹。

但Puma不知道牠的主人怎麼老是不在家，老是不在家……有人在意Puma晚上會害怕一條狗睡覺嗎？有人知道Puma很怕被死白目小孩子欺負嗎？Puma知道我很想牠嗎？知道我沒回家不是因為牠做錯了什麼事嗎？一想到媽將電話放在Puma耳邊，讓我跟牠說說話，Puma就會變得很安靜的畫面，我就只能坐在馬桶上繼續大哭。

癩皮狗將熱狗吃完了。我難看的哭相卻還僵著。

以後每次在街上或學校裡，看見無精打采的流浪狗時，我都會忍不住幻想：「如果Puma走失了變成流浪狗，肚子一餓起來，一定非常可憐吧！」一念及此，就會十分難受。

於是我就會到附近的便利商店，買簡單的肉包子，招呼流浪狗過來吃。如果這個肉包子不幸也是我的晚餐，那就只好一人一狗各自一半。

毛對我這點非常體諒。

即使毛非常害怕咄咄進逼的流浪狗，怕被咬，怕狗狗身上的蝨子，毛還是會努力蹲在一旁，讓我慢慢撕開包子，與流浪狗做陌生又熱切的對話。毛也不會因為我突然停下機車，在7-11買了包子後折回某處，下車餵狗這種事抱怨什麼。她說，我是她看過最善良的人。

也許我靠著那句讚美，更堅定了我對許多事物的信仰。

說到餵狗，曾經發生過一次很神奇的事。說起來，應該是我目前人生記憶所及最神奇的三大不可思議之一（第一件事，冰箱裡的蛋，已經放在《在甘比亞釣水鬼的男人》的書序裡；第二件事，就是早先談過的便當女孩事件）。

有一天晚上，我跟毛在交大管科系館的教室念書，念到一半，有一條滿口暴牙的捲毛狗突然闖進教室，直截了當討東西吃。

可我沒有啊，怎辦？就這樣耗著。捲毛狗也頗識相，乾脆趴下來裝睡，偶爾睡累了，就會走出教室逛大街，然後又回到我的腳邊。

時間一分一秒過去，大概是十點多吧，我肚子終於餓了。

「我們去吃東西吧，順便買個包子回來給牠吃。」我說。

「拜託，那時牠還會在嗎？」毛。

「這種事我怎麼會知道。」我說。

於是我們收拾好東西離開系館，目標清大夜市。然而捲毛狗並沒有睡死在教室，而是亦步亦趨地跟著我，直跟到了系館旁停放機車的車棚。

毛覺得好玩，但我覺得很詭異，因為我還沒發動機車，那捲毛狗就跳了上去。

「不是吧？」我心想，這一定是有人養過的狗。

想趕牠下車，牠卻一個勁的笑，露出非常誇張的暴牙。就是不肯走。

「載牠去清大夜市，然後再載牠回來就好了啊？」毛在後面說。

「好吧，看牠蠻聰明的樣子。」我滿不在乎，就這樣兩人一狗，滑出機車環校道路，直往清大夜市而去。

一到夜市，還記得是停在那家總是將豆腐炸得很軟的臭豆腐店前。才剛停好車子，捲毛狗就興奮地跳下車，一溜菸不見。

我傻眼，毛也傻眼。

「牠迷路的話該怎麼辦？如果等一下找不到牠該怎麼辦？」我有點慌。

畢竟我認為流浪狗比較適合在校園活動，尤其是大學。大學生總是不吝分享一點東西給這些小傢伙吃，也不會無聊到欺負狗。狗狗反而不適合流浪在車來人往的夜市。

所以現在我成了兇手？

「喂！怎辦？」我抓頭。

「……」毛無言。

忘了我們是吃什麼當宵夜，總之我們飽餐一頓後，到7-11買了個肉包，但怎麼找也找不到那隻捲毛狗，又不知道牠的名字，無從嚷起。

沒辦法，人生就是這樣（哪樣！），還是得回學校，就當作夜市滿地都是食物渣渣，餓不死狗的。

正當我發動機車時，一個電影級的畫面驟然出現。

捲毛狗興奮地從左邊某處飛奔而來，張著一口暴牙，一蹦一蹦地跳上我的機車，嚇呆了我跟毛。

「太扯了！真的是太扯了！」我大叫。

「Oh my God，牠好聰明！」毛跟著興奮起來。

於是我們就載著超級聰明的捲毛狗，莫名其妙開心地騎回交大車棚。

當時我就在想，以後跟誰說起這麼奇怪的事，大概也不會有人相信吧？人生果然處處陰陽魔界。

停好機車，我將肉包子放在地上，捲毛狗迅速吃了個乾淨。但不肯走。

我一發動機車，想從系館旁的車棚騎回更上面的宿舍車棚時，那捲毛狗就機靈地跳上前座，怎麼拐就是不肯下去。

「不好意思，雖然你超級聰明，但我不可能在學校宿舍養條狗啊！」我蹲下，試著開導捲毛狗。既然你那麼聰明，多多少少也知道我在說些什麼吧？

但還是不成。

只要我一發動機車，捲毛狗就飛也似跳上，重複了幾次開導也一樣。老實說，我覺得很悶，覺得牠怎麼這麼任性，而且好像有點過動兒的傾向。

畢竟真的不可能在擠滿四人的宿舍內養狗，於是我選擇了毅然決然拋下牠。

計畫很簡單。毛負責引誘捲毛狗在某處玩耍，我負責發動機車，緩慢沿環校道路上行，最後毛飛奔過來，跳上車子，兩人揚長而上。

捲毛狗沒有放棄，不停衝上，連狂吠的力氣都省了，專注在趕上我的追逐中。

我很難受，但油門卻催得更緊，直到捲毛狗完全消失在後頭……

回憶結束。

我牽著媽慢慢走回新家，媽戴著我的帽子。

我沒有告訴媽的是，在我跟毛分手後的某個深夜，我跟哥騎機車出門將一大包舊衣服丟到舊衣回收筒時，有一條幾乎一模一樣的捲毛狗突然從巷子裡奔出，緊追著我倆。

迅速勾起我的記憶下，我注意到了，那捲毛狗也有一口暴牙。

機車不久後爆胎。

我跟哥只好用推的，超無奈。

我開始跟哥說這件往事，不曉得他信不信。但剛剛還緊追著我們的捲毛狗已經消失，無從考證什麼。

我不是一個喜歡故作感傷的人。但我真的很希望，那條活在曾經的暴牙捲毛狗，不是剛剛衝出的那一隻。或許聰明又有耐力的牠，又大膽賴上了某個好心人的車，從此有了幸福的歸宿。

從此有了幸福的歸宿……

momkiss

2005.04.16

媽已經展開了第四次的化療。終於。

在醫生告訴我們，媽最新的血液報告一切正常後，我們都鬆了一口氣。但按照化療的原理，媽還是再多做一次化療比較妥當。於是我們又住進了彰基。

由於媽的肺結核狀況得到很好的控制，我們居然住進很不想住進的四人房，醫生說沒有關係。事實上回診時我一直用念力告訴哥，要他開口跟醫生講我們希望等到有單人房時再住進醫院，這樣對媽的病情比較有幫助。但哥只是提了一下，醫生就說先住進四人房，用排順位的方式等候單人房會比較快。於是就這麼定案。

我們住在四人房靠窗的位置，光線充足，幸好。

只是多人房難以控制病人家屬的相處素質的狀況還是出現，隔壁床一直在召開家族探親大會，每每到了深夜家屬才逐漸散去，期間吵吵鬧鬧自是不必說的，也因為地小人稠，隔了活動簾幕，對方家屬不小心碰撞到媽的病床的機率頗高，常讓睡到一半的媽受驚嚇。而對面床的歐巴桑很喜歡關心我們每一餐吃了什麼、吃多少錢，愛跟媽抬槓，這倒是還好。

不過我們很慶幸媽這次治療的情緒很不錯，臉上常常都充滿笑容，頗令我們放心。

媽說，與其在家裡等待不知道何時開始的治療（既希望醫生宣佈她已經康復不需要再進行化療，又擔心不多做一次化療是否不大保險），就這樣直截了當住進醫院展開療程，心中反而比較舒坦。

弟弟分析得有道理。媽第一次化療時還處於接受病情的階段，心情的紊亂不在話下。第二次化療一開始就做了脊椎搔刮，很痛，痛得意志力堅強的媽直喊疼，又加上有第一次化療做了四十一天的恐怖經驗，心情欠佳甚至有畏懼的傾向。而第二次化療跟第三次化療的順利，讓媽有了很好的心理基礎，血液報告不錯，醫生也認為不需要再做一次脊椎液的刮取，於是造就了媽的好心情。

我在一旁觀察，發覺媽根本是用看看朋友的心態回到彰基。因為許多曾經照顧過我們的護士都認識了媽，會跟媽說說話，聽媽抬槓，會回答媽問「吃飯了沒有」這樣的老套問題，讓媽有種不是被機器人照顧的安心。

護士苑婷很會笑，很有朝氣，即使戴著口罩還是可以看見她的嘴巴笑得厲害。跟我同年的護士品潔也開始跟媽說起自己的故事。至於金玉姐，啊，她懷孕了，是第三胎！

2005.04.17

我必須說，四人房真是一個很磨人的困頓空間。

沒有電視，沒有冰箱，浴廁共用（包括跟隔壁床十幾名家屬共用），吵鬧，吆喝，毫無隱私。醫院的專屬字典應該這麼定義四人房。一點也不嚴苛。

沒有電視，我沒差，就是在電腦鍵盤上構畫吸血鬼與獵命師之間的鏖戰，絲毫不受影響。但沒有了電視，媽卻變得很無聊，每天晚上固定收看的芭樂連續劇通通變成一灘死水（雖然台灣電視劇具有三天看一次，劇情照樣能完美理解，越是歐巴桑越有這方面的素質）。

無聊的病人很容易胡思亂想，探究生命的種種哲學（我必須說，探究到後來肯定變得吹毛求疵，走火入魔），所以壹週刊成了媽戴起老花眼鏡細細品味的好物，從第一頁翻到最後一頁，連廣告都沒錯過。

不知道我有沒有說過，曾經罹患血癌的阿杰特醫生在《從血癌到跑馬拉松》一書中提及，他自生病住院起就是一路單人房到底，在自我隔離上擁有防禦病毒的優勢，在空間上擁有心理寬闊的自由，安靜，更重要的是，擁有電視。阿杰特說，也許大家會指責他並非每個人都有能力負擔得起單人房的昂貴費用，但他也反駁，這世界本來就不公平，如果要說他很幸運有錢到住得起單人房，為什麼不嘆息生病的為什麼是他？

彰基單人房一天要兩千五百塊，三天收一次費，嘖嘖。雖然我們家負債累累，但為了讓媽不被打擾，擁有乾淨的浴廁，擁有一台防無聊的電視，我們還是去護理站登記預約單人房，目前的順位是第二。

住在我們斜對角的病床原本是空的，但昨天一個老男人患者搬了進來。這個患者好像做過氣切手術，無法正常說話，進食也頗有困難。而且是一個人住了進來，我沒有印象看過他的家屬，處境十分可憐。

什麼樣的情況會讓一個人生了病卻沒有人肯照顧？有很多種想像。在報紙上看多了各種被不孝子女棄養的慘劇，或是年輕時沒有好好對待子女，晚年淪落成孤寡的理所當然，但不管是不是可憐之人必有可恨之處的無聊推理，看到這樣一個活生生的「人」就在兩公尺遠的地方無助躺著，心中還是很難受。

落單住院，連醫生對待他也格外不客氣（雖然這位醫生本身就有態度上的問題）。醫生用很隨便的口吻問他要不要動手術，患者說不要，醫生便大聲問道：「確定喔！是你自己說不要動手術的喔！」是啊，患者說不要就是不要，但醫生連解釋手術為什麼需要都懶得分析，患者在無從理解自己的病情跟手術之間的關係下，醫生就將醫療責任全都推給患者的「自我判斷」，兩手一攤。

幹，醫生是這麼幹的嗎？落單了真的很可憐。

幸好我們對面床患者的家屬歐巴桑（囉唆魔人），除了每天照三餐詢問我們吃了些什麼吃了多少錢有沒有被貴到外，她的囉唆哲學也包含了關心人的實踐，她出去買餐時會問那位孤寡的患者要吃什麼，她順便買回來，非常善良。

非常善良的人我想囉唆一點也是無可厚非吧。

雖然有的醫生態度很差，但彰基到底還是個充滿人性的地方。營養部知道了這個落單患者的情況，主動提供免費的伙食給他，護士還會義務幫他泡牛奶。有個掃地的清潔工阿姨，也忍不住塞了三千塊給他，叫他看著辦，還送他一罐山藥營養奶粉，說是要跟他結個善緣，讓旁人看了也覺得很溫暖。

比起來，媽很幸福。

希望媽很幸福之餘，再多一點幸運，讓我們趕快排到擁有電視遙控器的單人房吧。

左邊是我，右邊是我哥。這是我們深夜偷偷下樓看電視的合照。

2005.04.18

我是一個非常喜歡看電影的人。

在這個時代，常可聽見許多人在形容自己時，套上「喜歡看電影」或「超級喜歡看電影」或「嗑電影維生」之類的語彙，於是喜歡看電影幾乎無法精準將一個人的特色帶出，變成沒有效度的個性指標。

但我還是硬要這麼形容自己，一個非常喜歡電影的人。喜歡看，喜歡討論，喜歡重複討論，甚至喜歡到要參一腳的地步。

電影是種很奇妙的影像經驗。

有時候我偏執到只承認在電影院看電影才有所謂真正看電影的感覺。電影院銀幕大（你儘管用投影機投影吧！儘管用42吋的電漿電視吧！我不會承認你的家庭劇院比電影院的銀幕還大！）音響好（什麼！你家的環繞音響價值數十萬！我不聽我不聽！），更重要的是，電影院是個沒有個人遙控器的公眾空間，你無法以個人喜好或憋尿系統出現問題為由粗魯地按下暫停鈕，快轉跳過無聊的情節、倒轉確認剛剛女主角到底有沒有露點。

總之，你就是得乖乖坐在位子上，心甘情願跟著導演設計的鏡頭工程，一步步看完每個細節。如果你想尿尿，抱歉！你就得犧牲一些可能很精彩的養眼鏡頭，要不就是甘願一點尿在褲子上。

這就是電影，很迷人吧！

別告訴我坐落在你家的家庭劇院可以擠三百個人，所以你家的超豪華家庭劇院當然少了三百個人的笑聲、掌聲、噓聲與淚水。當電影成為集體經驗時，才能體現出電影的真正效果，而非過度私人化的解讀（私人化的反芻解讀當然重要，但這個部分依然能夠在集體經驗的同時一併留存）。

例如彭氏兄弟導演的《見鬼十法》，如果你一個人縮在客廳沙發上看，我保證你完全擠不出一點笑容，顫抖不已；但跑到電影院跟五百個人一起看，卻會從頭笑到尾，感覺《見鬼十法》是部恐怖兼具爆笑的多元素電影。

除了一些格外需要聲光俱技的電影，例如《魔戒》、《星際大戰》、《駭客任務》，在電影院看才會得到最好的硬體支援外，節奏沉悶的藝術電影或溫吞劇情片也是非常適合在電影院裡觀賞。怎麼說呢？有些藝術電影如果變成一張碟片，放進電腦光碟機裡播放，我就失去聚精會神的能力，或者更真切的說，失去了好好觀賞它的意願。我會忍不住打斷它，只因為我有別的事要忙，例如出去吃飯，打開冰箱找吃的，打場電腦遊戲吧，是不是該去打個棒球等等。但事實上，這部電影本身可能是很棒的，只要我乖乖將屁股黏在椅子上，一鼓作氣從頭到尾。

一鼓作氣才是對待一部電影的正確態度。也只有電影院，才有這樣的魅力。

關於我看電影的有趣經驗，可能得花一本書詳談（騙你的）。現在我就想起了一個例子，因為我忍不住了。

幾年前我跟毛毛狗在新竹的新復珍二輪電影院看《奔騰年代》，發生了一件令我笑到肚子痛的趣事。先說說大略的劇情。《奔騰年代》是陶比邁奎爾跟一匹馬共同擔綱演出，敘述美國經濟大蕭條年代，一個獨眼騎師跟一匹曾經斷腿的瘦弱小馬，不斷在比賽中勝出，振奮無數美國人的感人真實故事（後來獨眼騎師被實驗室中的突變蜘蛛咬了一口，第二天就變成蜘蛛人的峰迴路轉我們就不予探究了）。

看電影時，全場的人的焦點理所當然是在電影上，但有些只是坐在電影院裡吹冷氣睡覺的遊民卻管你去死，你看你的，他睡他的，彼此倒也相安無事。但電影進行到三分之二時，我聽見很大聲的廣播電台沙沙沙唱歌的聲音，我原以為是特殊的手機鈴聲，但廣播聲卻沒有停下的跡象，認真一找，發覺是坐在大家中間的某個遊民手中的收音機所發出來的，貨真價實的廣播！

「會不會太誇張了！」我傻眼，因為實在太誇張了，所以根本來不及生氣。

全場觀眾努力不去在意那真的很大聲的廣播歌聲跟工商服務廣告，但那廣播遲遲沒有停止的跡象，因為那個遊民居然睡著了（至於是不是睡著了不小心按到廣播開關，誰知道？）。我被搞得無法專注在電影上，但覺得這經驗實在是太新鮮了，所以心情竟然朝著很歡樂的方向前進。

但可不是每個人都是瘋的，廣播持續了十幾分鐘後，終於有個觀眾實在按捺不住，轉過頭來，對著該遊民大叫：「你可不可以尊重一下別人！」許多觀眾也紛紛將注意力集中到遊民與該生氣觀眾的對峙上。

但遊民可不是當假的，人生都可以迷迷糊糊隨便帶過，這個覺當然也沒被吵醒，遊民繼續他的荒唐昏睡（可見電影院的冷氣跟座位真的挺舒服，在此推薦新竹新復珍二輪電影院）。

那觀眾並不死心，見遊民無動於衷，氣急敗壞大吼：「喂！你可不可以不要去外面聽廣播！」

我不行了，這句對白實在是太好笑了，所以我近乎崩潰地笑了出來，笑到被毛毛狗罵神經病笑屁啊。但真的很好笑，尤其是看見那個觀眾抓狂地站了起來，像小孩子一樣用腳重重跺地，憤怒地瞪著遊民，然後恚怒離開電影院，我根本無法克制自己笑翻在椅子上。

觀眾不敵遊民的昏睡防禦，敗走離開，亂七八糟的廣播繼續迴盪在電影院裡。過了許久，遊民才顢頇地睡醒，錯愕地關掉廣播，慢吞吞離開電影院，好像自己也不是很清楚剛剛是怎麼一回事。

「啊！老兄！我完全可以理解！這就是人生啊！」真想跟他這麼說。

寫了一缸子電影雜談，來到了重點。

彰化的電影環境很特殊，完全倚賴電影折價券的推動。

原本彰化兩間電影院都處於荒廢閒置的狀態，因為彰化的產業結構並不是那麼白領化（或許可以這麼說吧），會想看電影的潛在觀眾主要是學生，學生又有分大學生跟中學生，彰化只有一間大學，又僻處八卦山，所以結構上中學生為大宗，偏偏中學生又是錢最少的族群，一場電影學生價也要兩百二十，不是負擔不起就是不爽負擔。加上台中離彰化很近，台中電影院很多，不管是便宜的八十元兩部電影的二輪戲院，或是豪華舒適的首輪影城，都呈現飽和的蓬勃狀態。所以有心要到電影院看電影的人們，都被台中給拉走了，久而久之，彰化的電影院就只好掛點。

不知道是哪個上道的天才獻策，靠著折價券的推出，彰化的電影大大起死回生。

所謂的折價券上，共有六個可以撕下的一百元抵用券，兩間電影院共通使用，一場原價兩百二十元的電影，搭配折價券的使用只需一百二十元搞定。注意！一場一百二十元的首輪電影！這簡直是天下無敵的霸道策略啊！雖然設備老舊，但銀幕到底還是大的，音響到底還是很大聲的，座位到底還是很多的，更重要的是，電影也是童叟無欺的新，每到週末假日甚或一般晚上，彰化的電影院都是小鬼頭們的身影，讓我這個電影癡漢非常感動。

至於要到哪裡要折價券，只要放亮眼睛就成了，電影院附近店家的收銀台、補習班櫃台、學校教室的抽屜、同學的書包裡，都是需要密切留神的地方（彰基的福利社櫃台旁都會放上一堆任君取用）。

結果說了半天還是沒有說到重點。糟糕透頂的壞習慣，從甘比亞回來後這個習慣就一直沒能改掉。

媽生病的期間，除了在醫院陪媽的時間，我都在處心積慮去電影院看電影排遣，一個人也沒關係，有時候甚至一個人最好，畢竟一個人看電影不必商量時間、更不必商量該看什麼的好。想去就去，愛看什麼就看。

昨天下午輪到弟弟去醫院，於是我興致勃勃計畫去電影院看肯定很催淚的《現在，很想見妳》。我不想找任何人一同前往，因為既然明知道會哭，就乾脆哭個痛快釋放情緒（雖然我很幽默地在清算自己的人生，但情緒還是得好好打掃），如果有很熟的人坐在旁邊，我恐怕會扭捏地壓抑本該有的情緒。對我來說，這會是很私密的經驗。雖然有很多人同樣在一個空間哭，不過不甘我事。

但計畫失敗。阿和打電話給我，問我要不要看電影。

「你想看什麼？現在，很想見妳？」我問。雖然阿和如果要看這部的話，我還是不會跟他一起去看。

「才不要。不可能發生的事我才不想看。」阿和說，跟我猜的一樣。

阿和交往七年的女友，兩年前車禍意外過世了，所以這種死而復生的溫馨情節，對阿和來說只是個屁。

「那你要看什麼？剎靈？」我問。

「那不是七夜怪談西洋版的第二集？」阿和。

「是啊。」我。

「那我就不想看啦，你要不要看惡靈空間，Boogeyman？」阿和反問。

就這麼拍板定案。那天下午我跟阿和看了節奏緩慢但還是挺嚇人的《惡靈空間》，然而到了晚上，我還是很想看那個很催淚的《現在，很想見妳》，但眼睛很累，只好痛苦地放棄了午夜場計畫。

第二天，我終究還是一個人去看了。

一個人來看電影，總要承受許多不知情的眼光，覺得這樣的人實在是孤僻鬼，不過沒辦法，與其哭得不痛不快，我還是寧願承受同情的眼神。

總之劇情是這樣的（開始抄手上的電影簡介）：美麗動人的澪，可愛聰穎的六歲兒子佑司，以及自認一無是處，但卻懂得努力讓妻兒感覺幸福的阿巧，這三人原本共組一個美滿的家庭。然而在佑司五歲時，澪因病不幸過世，臨終前留下一年後的雨季即將重返人世、直到雨季結束為止的遺言。一年後的梅雨季節，澪真的回來了。失去記憶的澪，與丈夫兒子重新在一起生活，但一切的幸福美好，卻註定在六週後雨季結束時劃下句點……

承襲日本愛情電影的成功模式，《現在，很想見妳》的劇情可說是毫無創意可言，但一點也不打緊，重點不在黃泉歸來或時空機關般書信等發想，重點在於很生活化的細緻情感。這部電影猶如一只放滿溫水的鍋子，觀眾就像跳進溫水理的青蛙，火在鍋子底下慢慢加熱，青蛙便迷迷糊糊地在不知不覺升溫的水中發呆，最後終於被煮死。過程毫無掙扎，完全失去抵抗之力。

其實我在開場三分鐘內就已經開始哭了，真是個差勁的男人。

究其因，是因為電影直接啟動了觀眾蘊藏的情感經驗，跟影像經驗，何況是愛看電影又愛胡思亂想的我。電影過程中，我為了避免被人發現在哭，於是挑了個旁邊都沒有人的座位，將身子縮得很低，但因為實在是太脆弱了，除了吃了很多自己的鼻涕外，也引來從後座遞來的半包面紙，是四個一起來看電影的女生施捨的。不浪漫，很丟臉。

電影散場後我就用隱身術從電影院快速消失。

實在好想，跟毛毛狗生個什麼東西看看。

2005.04.21

Puma真的好老了。

上星期我騎機車要載Puma去兜風時，Puma兩隻前腳搭上腳踏板，想撐起身體爬上車時，竟失去平衡在地上翻了兩翻。當時我還來不及嚇到，就看見Puma笨拙地從地上爬起，吐著舌頭，模樣很滑稽，於是我笑了出來。奶奶在一旁看了，便將Puma直接抱上腳踏板，讓我載牠去逛八卦山。

Puma睡得越來越沉，對週遭的反應變很遲鈍。

要知道，博美是一種非常神經質的狗，以前我在二樓偷偷摸摸踮著腳尖走路，在一樓的Puma也會從睡夢中驚醒，狂吠到我非得下去抱牠睡覺不可。有時候爸爸晚回家，家裡的鐵門都拉下了，爸遠遠從火車站走回來，我根本一無所覺，Puma卻聽見了什麼或嗅到了什麼，老早就對著門就吠。

但現在，Puma卻老態龍鍾到，我打開隆隆聲不斷的鐵門，關上，走到牠身邊打開電腦，喝水吃東西，上了半個小時的網路，Puma才姍姍醒來，而且根本不知道是什麼情況。

去看《現在，很想見妳》的前一天晚上，我深夜才從新家回到藥局家裡，不斷撫摸Puma好幾下，叫牠的名字，Puma才睡眼惺忪醒來。Puma見了我當然非常高興，一路跌跌撞撞被我牽去對面的電線桿尿尿，但後腳抬起不久，就因為沒有力氣保持平衡而滑倒。我又笑了——該死的主人，誰叫Puma自己也蠻幽默的看著我猛笑，好像在說：

「嘿，我能有什麼辦法？」

前兩天，Puma後腳的無力越來越明顯，走路就像在滑壘，動不動就滑倒，模樣好玩但惹人心疼。坐著的姿勢對牠來說好像很辛苦，所以Puma能趴下的時候就不坐。就連常常抱著我的小腿猛幹的猥褻動作，Puma都因為兩腿無力獨自站起，而沒辦法執行。Puma似乎很氣自己，失敗了就猛吠，然後趴在地上裝可憐。

雖然Puma叫起來的聲音依舊充滿了精神。但我又聯想到營養不良上，於是我們開始餵Puma好吃的東西，味道很重的鈣粉，餵牠吃媽媽牌的特效藥，連常常假裝不關心Puma的奶奶都特地跑去買雞腿。

但哥終究還是拎了Puma去看獸醫，確認Puma到底是怎麼了。醫生說，Puma得的是退化性關節炎，來得突然，但原因是沒有意外的老化。吃藥可以緩解關節炎的症狀，但無法根治，除非找到青春不老泉。我大概找不到，所以只好看著辦。

老了啊……唉，我也老了。

Puma年輕猛幹小腿的年輕歲月，正是我們家最年輕的時光。Puma老了，大家也不再年輕。

以前我可以兩點睡覺六點半起床，連續幾天都沒有關係。現在不管我多晚睡，都得睡足七個小時才夠眠，不會因為我熬夜就多積攢下多餘的時間。離題了。就狗的年齡來說，Puma的十四歲相當人類的八十幾歲，是隻老公公了。

獸醫跟哥說，他很少看見這麼老的博美狗，Puma的健康情況算是不錯的了，彰化可能沒幾隻這樣的老博美。獸醫還說，如果Puma可以活到十九歲，他就要找記者來採訪，想來十九歲的狗不只在同儕中受狗尊敬，也值得我們人類掌聲鼓勵。

說真格的，就一隻狗來說，Puma是隻非常俊俏的帥狗，而且總是一張娃娃臉，如果有性感的母狗看到牠，若不跟牠蛇吻還真無法察覺Puma已經牙齒掉光光。所以我對Puma的年事已高總是不甚有感覺。前一陣子我才從比喻法中驚覺，原來十四歲的Puma如果是人，現在已經上了國二！我的天，國二的時候我在做什麼？暗戀班上的女生，苦惱的二元一次聯立方程式，玄學般的因式分解，印在課本後面的化學元素表……

「可是你什麼都不會。」我抱著Puma，牠毫不介懷地吐舌傻笑。

我很愛Puma，也跟Puma約定好了，如果牠堅強地持續活下去，就要當我孩子的寶貝。如果牠英年早逝，我希望牠好好記住我的樣子，下輩子投胎轉世當我的孩子。

momkiss

每次我帶Puma去四樓佛堂點香，都會將牠的身子抱起，讓牠的前腳自然合掌，然後拜拜，跟觀世音菩薩報備，請觀世音菩薩在不可知的未來與世界，提醒多半無法背出我名字的Puma，要怎麼個投胎到我身邊，當我的孩子。

屆時，我再認真教一次Puma因式分解吧！

2005.04.26

從台北回來，今天輪到我在醫院讓媽陪。

這陣子家裡藥局的生意很不好，媽不在，流失了很多喜歡聊大吐八卦的客人，營業額低迷不振，有時我在一樓店面寫小說，整個下午都沒有看到所謂的客人，拿健保處方籤來我家領藥的人也只剩小貓兩、三隻。

其實我們兄弟一直在思考，是否要藉著藥局營業額慘澹，讓爸跟媽開始認真思考退休的日子，別再這麼累，每天九點開店十點關店，客人多很操勞，客人少也困頓，不管從社會學、心理學或是經濟學來看，都不是件合算的事。家裡剩下的債務，只要別突然橫生枝節，五百萬除以三，我瞧也沒什麼大不了。

昨天深夜從台北回彰化。至於為什麼去台北，則是專程去找毛毛狗看場電影。很久沒跟毛毛狗看電影了，挑了部不是很有創意但蠻好看的奇幻電影《戰慄空間》，看完後在微風廣場很舒服的露天星巴克吃東西，聊我很想實現的奇幻電影大獎夢。

非常非常久沒有跟毛說說我的小說靈感，小試了一下，還是非常順手，毛叫我趕快將靈感佈畫成完整的小說好保護版權，並預言我會掄得國際奇幻電影大獎，啊，有那麼順利就好了，不過還是振奮了我。

於是我忍不住打開筆記型電腦，讓毛見識一下我最新完成的《殺手，登峰造極的

momokiss

畫》中短篇「殺手，角」，然後扭捏地在一旁欣賞毛的表情。毛看到流淚，我想應該應該很了不起吧，呵呵。

現在是凌晨兩點二十分，媽躺在床上，一個小時前從睡夢中醒來後就一直沒再睡著。第十二天了，今天抽血檢驗的結果，白血球可用的約每單位500，血小板七萬，血紅素8.4。媽沒有發燒，一切都很順利。

很刻意地想寫點關於媽的什麼，於是想起了一個畫面。

為了我們的學校課業，媽可以是一個「很收納」的媽媽。一般的程度來說，哥哥用過的參考書、課本，乃至各種習作簿等等，媽都會完整收藏，等到我到了哥哥當時的年紀，除了擁有我自己的參考書外，我還得看完哥哥當時的教材。

如果當天晚上的功課是數學習作，媽便會將哥哥過去已完成的版本當作解答，我寫完了，媽就兩本新舊習作擺在一起，比老師先一步批改。如果我寫錯了，馬上就得知道為什麼，不消等到明天。至於我要怎麼知道為什麼？問哥哥嗎？當然不是，還得勞煩媽教。不過為了讓媽媽能夠早點睡，孝順的我有時候會趁媽不注意，偷偷幹走哥哥的習作簿直接抄個痛快，以最有效率的方式完成國小的學業。

除了習作跟參考書，媽也會將哥哥所有的考卷都留下來，在另一張白紙上或考卷背面重新謄好每個答案，然後用橡皮擦擦掉上面用鉛筆寫下的答案，要我重新寫一遍，最後商榷標準答案，訂正並檢討。平時考前夕，月考前夕，通通都得照辦，當作沙盤推演。

坦白說煩死了。回想起來，成績不好也不會死，不過我沒立場太去抱怨我受到的沉重教育訓練，不是因為收集各種資料的媽媽很辛苦，而是因為我還有個弟弟……那個必須要寫完我跟我哥哥所有留下來的考卷的弟弟。

為了課業，媽有件事情讓我至今非常感動。

我國一的功課很爛，非常的爛，怎麼個爛法用數據表示是最清楚的了。全校一年級共有五百二十多人，我第一次月考便披荊斬棘殺了個四百八十六名，如果依照成績重新編班，我絕對是最後一班放牛班的第一名好學生。國一上下學期共計六次月考，我的數學沒有一次及格，最接近及格的一次還是第一次月考，四十八分，極限了。從此可知我的數學是爛中的翹楚。

不過當時我念的是美術班，對於成績差我自己是不怎麼在意的，畢竟我的志願是要當個很厲害的漫畫家，厲害到即使到了漫畫聖地日本也是很厲害的那種厲害。基於我的漫畫功力要達到這麼厲害，所以我視學業成績於無物，不管上課下課都在畫漫畫，還採連載的方式，讓同學在桌子底下傳閱。如果我的數學在這種意氣風發的氛圍下還能夠很出色，我肯定是個天才兒童。

可是不是。我不是天才，而且距離那兩個字好遠。

但媽可不這麼覺得。在將我空投補習班卻依舊改善不了我成績的情況下，媽親自下場，試圖教我國中數學。

當時我真的很驢，光是「負負得正」這四個字，就足以破壞我腦中的邏輯機制。說真的，我到現在還是不能接受「負負得正」的數學觀念，所以連帶「負正得負」、「正負得負」也一併理解不能。根本就不通嘛！所以我即使背了起來，也不懂得應用在算式裡，解出正確的答案。

媽其實也不是很懂「負負得正」那樣的歪理，但就是一個勁的去學，然後再教我。媽先是成功解出一個算式，確認過程沒有巧合，然後再要求我慢慢解構算式，鉅細靡遺找出我出錯的環節。媽在一旁看我反覆練習，直到她確定我沒有因為巧合得到正確的答案後，她才會去睡覺。

我的天，那真的是很恐怖的精神壓迫。而且我媽讓我覺得自己很笨，一個成天亂臭屁的小子竟然在數學的理解力上輸給一個要幫忙顧店、洗衣、做飯的太太，打擊很大，可又不得不承認自己的確是蠢。

然而現在想起來，媽實在是太可愛了。

momkiss

2005.04.28

將這篇感想擺在《媽，親一下》裡，有個小小的原因。

在寫到嘉義大林南華大學文學系演說的感想之前，我要先控訴小黑蚊。

在還沒抵達大林前，我在電車上就已經被小黑蚊襲擊，左手臂給叮出兩個包，此後癢不欲生。我的皮膚對小黑蚊一向是特過敏，到現在還是腫的，奇癢難當。今年掃墓時被小黑蚊咬的地方，都還沒完全好哩！

回到演講，啊，現場大家踴躍的出席讓我小感動，但最震撼還是前座的偽週杰倫讀者突然脫掉上衣，露出驚心動魄的彩繪左乳那一幕。正好我手上正玩著橡皮筋（有誰會邊玩橡皮筋邊上台？），回過神後，於是叫他再站起來一次，橡皮筋用力朝他的乳頭一彈，可惜中途疑似受到不知名引力干擾，沒能真的射中。

由於跟大葉場的演說靠得挺近，所以當我看見台底下熟悉的面孔時，心裡真是一陣羞恥。如果我有一百種說故事的理念或是竅門就好了，就可以拆成一百次演講說完，可惜我還是得重複部分講題。投影片我以《二十世紀少年》的彩稿，以及大陸網友的全彩插畫為主，配上幾個我刻意從網路上抓下的KUSO肌肉男圖，然後任性地將講題改成「正義是不會死的」。

演講的主題從上次大葉場很機車的電影編劇研究，簡化成精神化的「我可是很用力的在說故事啊！」。演講的過程中我還蠻盡興的，畢竟是一個人的舞台，不必擔心要留給其他講者時間，所以常呈現一種自high的狀態。其實我本想從袖子裡突然變出一朵白玫瑰送給前一天晚上向喜歡的男生告白失敗的小a的，但因為天氣熱穿了短袖，實在大恨。下次不管再熱我都要穿上風衣，用最冷靜的表情，從不斷掙扎躁動的懷裡摸出一隻鴿子，這樣的演講一定超炫。

但真該死，我太相信自己可以記住每一件要講的有趣東西，所以沒有刻意演練（我連演講也不打算複製自己），導致後來反省時，發現少講了幾個有意義的生活經驗。例如我小時候常自以為看見鬼，自己的書包怎麼被隔壁喜歡的女生丟下樓、全班被罰跪的音樂課、九刀盃自由搏擊賽是在搞什麼、小時候常在溪邊看小魚向上游頓悟出偉人當如是的哲學等。下次會狠狠刺在手臂上。

演講後主辦單位貼心地安排簽書時間，雖然排隊的人很多，但秉持著說故事越到尾聲越有力量的原則，我卯起來龜著一邊簽名一邊畫圖，越畫越慢，絲毫不懼後面越形扭曲的臉孔，十足的混蛋。簽書的人潮裡，有個小小的讀者身影，跟努力跟我說話卻有些口吃的中山大學學生，讓我很感動，人生一定要很用力啊！（握拳）我們一定都有很動

momokiss

人的機會，一起說出《二十世紀少年》漫畫裡的經典對白！

也感謝大家讓我有機會練習畫畫，雖然後面的人一定等得想向我丟書，不過耐心是好事，如果怕痛就不能生小孩了（什麼邏輯！）。曾經想當過漫畫家的我，也只有在這樣的場合可以塗畫點什麼，吸血鬼、獵命師或是我無法分類的隱藏人物。

還有，得謝謝細心佈置一切的南華大學文學系系學會，自己沒時間吃午飯餓著肚子弄講場，卻還是幫我跟經紀人買了午餐；為了防治我無聊，特地派了兩個漂亮美眉在開場前陪我聊天、簽書時體貼幫我翻書；又安排很辣又很勁的小虎幫我做熱鬧的開場；啊，還有穿著旗袍的超氣質女孩，真是充滿美女的系學會，（嘆）我還能說什麼呢！年輕真好！

最後與大家在學生餐廳吃了頓異常好吃的晚餐才離開，見識了很適合殺人的校園夜景，與很新鮮的夜市攤販進駐校園的畫面，還看到了像甜筒一樣的曲曲熱狗棒……

文末跟大家分享一個好消息。

由於血液抽檢的報告一直不錯，醫生說我媽的化療就做到這一次為止，以後保持追蹤觀察即可。啊！這真的是超棒的啊！現在邁入我媽第四次化療的第十五天，我想再過一個禮拜就可以出院了，而我媽至今都沒有發燒，每天都跟護士們聊得很愉快，護士品潔還拿她當初訂婚的錄影光碟跟相簿給媽看，還跟媽說護理站有兩個閒置的未婚護士……

2005.05.05

〔事件一〕

一直都在擔心當兵的問題。

五月十日，是今年唯一一次的替代役申請截止期限，眼看著就要到了。我去了市政府的兵役課問了身體複檢的進度，兵役課說，我三月三十日才結束了在榮總的複檢，流程至少得跑一個月半，所以趕不及在五月十日知道結果。

「那我可以先申請替代役嗎？」我問。

「不行，你已經申請複檢了，所以現在只能等複檢的結果。」辦事人員說。

所以囉，今年七月後，我隨時都可能是標準的阿兵哥……不過這樣也可以試試看我的寫作速度會得到什麼壓抑後的大爆發。總覺得即使在當兵，三、四個月完成一本書，似乎也是舉手之勞而已。

〔事件二〕

媽最近的精神不錯，每天都保持開朗的心情，天天看連續劇，看壹週刊。

頭髮也長出來了，非常的捲，根本就是黑人等級的那種捲。我們一直跟媽強調她的頭髮一直在變長，可是媽一直半信半疑，認為我們只是在逗她開心，直到主治醫生發表了對媽頭髮的意見後，媽才進入得意洋洋的境界。

「真奇怪，從來只看過做化療的病人掉頭髮，沒看過反而長頭髮的？」主治醫生嘖嘖稱奇。

媽的新頭髮很可愛，完全都是黑色的光澤，希望是痊癒的暗示。

〔事件三〕

有個很會掃地的歐巴桑，卻跟哥與媽說了幾個奇怪的癌症病人故事。

個案一。有個剛剛與男友訂婚不久的女病人在住院後，男友辭去了工作，專職在她身邊照顧，看似感人，但歐巴桑很不能理解女病人的媽媽為什麼不來照顧，要讓有前途的年輕人拋下原本的工作來照顧她的女兒？

個案二。有個男病人在與女友訂婚後，就發病了。男病人住院後女方一次都沒有來探望過，男病人很傷心，做了幾天化療後就發病過世了。歐巴桑對這樣的結果當然很義憤填膺。

個案三。有個女孩子罹患癌症，外國籍的男友不眠不休地照顧，結果外籍男友有事要回國一趟，告別女友後的第二天，女孩子就去世了。唉，這個故事最令人感傷。

不過歐巴桑口中的這三個個案，一再強調很多人看來都治好了，卻會突然暴斃，在在充滿了打擊病人治療信心的負面能量。哥實在聽得霧煞煞，只能祈禱她別再說個案四。阿彌陀佛，偉哉亂講話的歐巴桑。

然後我想起了最近有個令人感嘆的社會新聞。

一個女人在相親後與對方結婚，婚後不久就罹患血癌，男方認為女方早就知道自己罹病，結婚只不過是想將照顧病人的責任轉嫁給男方，於是男方一個不爽，租了一間套房給女方獨自養病。

新聞畫面裡，女病人蜷曲著瘦弱的身體，頭光光，像極了剛剛得知罹病的媽，獨自在幾乎什麼家具都沒有的套房裡，蓋著薄薄的棉被，令人不忍卒睹，很心酸。其實這位女病人真的超可憐，一個人生病，沒有得到情緒上的任何奧援，真的很容易放棄，一旦心理上放棄，身體的潰堤只是早晚的問題吧。

但我也多少能理解男方焦躁暴怒的推諉態度。透過相親而結婚，還未與對方建立革命情感，就必須面對大量實質的照顧責任，與形而上的情緒壓縮。除了道德上必須照顧妻子，我不覺得這個案中間有什麼很紮實的理所當然。

不過男方被罵也是活該，這世上沒有兩頭賣乖這種事。

〔事件四〕

現在是凌晨三點，要睡覺了。

最近的《台灣龍捲風》真是越演越爆笑。葉美琪那個瘋女人終於死翹翹了，但又跑出了個一模一樣的瘋子妹妹（畢竟演員的銀行帳戶都是同一個），愛滋病像流行性感冒一樣普遍，將大家感染來感染去，大家一下子很緊張，一下子很生氣，一下子歡天喜地。最後鄭文華公佈考試答案，袁志龍、黃平秋，跟一個我叫不出名字的女歐八中標。這麼說，傳染給黃平秋愛滋病的黑枝也有愛滋病囉？黑枝為什麼有愛滋病？難道是被袁志龍搞過？一點也不複雜，只是太好笑了。

公共電視終於想通了，明天早上七點要轉播王建民在大聯盟的第二場比賽，洋基隊對魔鬼魚，長得很像藝人侯昌明的王建民主投，希望能投出不凡的氣勢。因為我打算努力爬起來看啊！

2005.05.07

媽出院了。

白血球每單位兩千四百，血小板每單位六萬，血紅素八點四。三項數據加起來的意義，就是媽開心得手舞足蹈，這分疾病陪伴文學也到了尾聲。

這幾天出院的氣氛不斷醞釀，媽一直在跟護士們道謝，護士們也一直跟媽打氣，直說肯定可以很快就出院了，只是不曉得趕不趕得及母親節前。媽也留下金玉姐的電話，哥則跟我商量要送什麼東西給護士們答謝。

啊，送東西答謝這種事，不是上一個世紀的人才會做的事？這個世界不是已經走向誠懇無敵的新路了麼？

「每人送一本《媽，親一下》？」我無精打采。

「可不可以送別的？」哥直截了當。

於是沒有結論，我們只是很高興地打包行李，然後興沖沖地等待醫院通知，跟等待院方頒發最後一張繳款單。

哥去一樓領藥，媽像一個小朋友終於可以去遠足一樣，在病房裡耐不住喜悅地走來走去，整理東西。我處於完全放鬆的狀態，在小桌子上玩起電腦遊戲星海爭霸，等到大家都收拾好了，我還嚷著讓我打完這一場再走不遲，可見我有多麼的鬆懈，跟無感。

上次醫生說過，媽的化療就做到這一次，以後專心調養身體，維持定期回診跟複檢，確認身體的復元情況就可以了。於是我抱著完全不想回來的心情，看了單人房最後一眼。

啊！再見了，希望搬進來的下一個病人，也能夠像我們這樣笑笑離開。

爸開車，我們將行李跟最重要的媽，一起打包回新家。我開始拖地，哥則張羅晚餐，一切就要開始美好，大家就要重新構造這個家。新的人生目標，新的相處方式，沒有變動過的成員。

明天就是母親節了，多麼的戲劇化。

這段期間，大家有捨有得。

我因為不停的熬夜變成了吸血鬼，每天要靠觀賞網路上的美女相簿壓抑我的吸血衝動。

哥哥放棄了學術研究的強者之路，準備踏進安安穩穩的工研院。

弟弟因為沒時間做實驗，所以碩士篤定延畢半年，嗚呼哀哉。

爸一個人顧店，顯得寂寥跟無奈。尋找新的人生步調跟調養身體將是爸的課題。

奶奶照料爸的三餐與Puma的飲食，洗衣洗碗，實在不像是頤養天年的老人家。Puma則嚴重老化，再也沒幹過我的腳，眼神常流露出「我好糟糕」的困窘。所幸媽平平安安，新長的頭髮捲得一塌糊塗。這是最重要的結果。

哈，跟寫小說完全是兩回事呢，這分疾病陪伴文學沒有我最擅長的高潮迭起，沒有最後關鍵時刻的一擊，反而越寫心越寬，越寫越脫線，越寫越像是搞笑，或是瑣碎零散的記錄。我想這是很真實的心境反應。

這段時間特別感謝許多網友的打氣，與祝福。我陪伴著媽媽，你們陪伴著我。半夜困頓時，我靠著書寫記錄舒緩不安的靈魂，網路上的大家則靠攏過來，張開翅膀，幫助我倉皇的靈魂取暖，告訴我一切都會很好，會過去。

日劇《Pride冰上悍將》裡，有一句非常經典的台詞：「Halu很堅強，因為他知道什麼是脆弱。」

我從小就是個很脆弱的人，也一直在媽的生病期間裡，脆弱地陪伴著。但脆弱的過程裡，我沒有辦法舉雙手投降。我被迫不斷思考著生命的意義，跟之所以為強的理由。其實我並不介意這輩子就一直這麼脆弱下去，容易哭，容易情緒波折，容易賭氣，容易傷心。每個人有每個人的生存之道，六十億人就有六十億種生存的模樣。

momkiss

但需要強的時候，我好希望我可以像我小說裡頭的人物一樣，快速地茁壯起來，奮力保護心愛的一切。

「有些事，一萬年都不會改變。」黑人牙膏張開紅線。

「我的能力是，地球守護者！」勃起意氣風發。

「有一種東西，叫正義。正義需要高強功夫！」淵仔虎目含淚。

「煙火。我聽見了煙火。」思螢跨上野狼。

「請妳，一直待在我的身邊。」阿克高舉球棒。

「我很怕……但還沒怕到落荒而逃。」烏拉拉咬著牙。

「挨打的功夫，又豈是你們這些高高在上的和尚能了解的？」七索踉蹌爬起。

「兔子，跟上來！」赤川走進電梯。

「告訴我，你想逃！」海門熱淚嘶吼。

「因為你讓我見識到了，非常了不起的東西。」角堅定不移。

「居爾，你跟拳王一樣高啊！」義智幸福微笑。

「拔起來，要一百萬！」哈棒老大冷冷說道。

因為弱，所以強。身為小人物的我，還是堅信自己能擁有居爾一拳的爽朗姿態。克服一切，因為我有足夠的理由。

沒錯，克服一切。

我們家以後的日子，即使媽順利痊癒，仍舊摻雜了許多不確定的因素。

舊家與新家之間的流動模式？藥局的生意有沒有好起來的必要？爸的身體還好麼？奶奶的身體還好麼？　哥未來會住新竹？台中？彰化？我未來會住台北還是台中？任教職的弟弟又會流浪到哪個縣市？Puma什麼時候才可以跟我一起在新家睡（考慮到媽體弱，Puma只能睡我新家房間的地板，不能上床，所以Puma總是很哀怨）？　哥寄養在別人家的拉不拉多Kurumi可以一起住新家麼？

然後是毛毛狗。分分合合的那隻毛毛狗。

雖然一開始我極力抗拒，但毛毛狗在這段時間還是努力跟我保持聯繫，充當我極少數的說話對象，忍受我的無理取鬧，忍受我「想一個人」的寂寞品嚐。我們之間還會不會有接下去的故事，也已經無法用純粹的情感基礎下去推演，而是充滿了現實的考量。

由於職業因素可以居住在任何地方的我，卻很想定居在熟悉的中部，就近照顧媽媽。毛毛狗則受限教職，困守北縣。另一方面，我也不覺得有什麼資格要求毛毛狗脫離北部的朋友圈，以及最重要的，毛毛狗也是她家唯一的倚靠。我無法剝奪什麼。無法剝奪什麼，也不想被剝奪什麼，毛毛狗也捨不得剝奪我什麼。

於是就僵著。不再只是愛情，而是人生。需要面對的人生。

撇開需要照顧媽，我一直是個很戀土的人。雖然彰化的發展很緩慢，始終沒有一間像樣的百貨公司，沒有我最需要的豪華影城，沒有膝蓋以上十公分的高中制服百褶裙，但我就是無法克制對這片樸拙土地的熱戀。

如果小說需要吸取埃及的空氣，將來我可以突然出現在金字塔前，得意洋洋。

如果需要親吻亞馬遜的雨林，我可以拔掉身上的插頭，進入甘比亞釣水鬼的曾經。

如果想要用電影威震天下，我與擁擠的台北之間，也不過是三個小時的衝刺距離。

我有一百個理由前往販賣夢想的台北都會，但也有一百個理由，留在我眷戀不已的彰化小城。

有首英文老歌說：「順其自然吧，會怎麼樣就會怎麼樣，未來不是我們能預見的，順其自然吧……」奉行的話，似乎是懶人的最佳選擇。

電影《美麗蹺家人》（Sweet Home Alabama）裡，女主角拋棄落後的南方鄉下，逃離困窘的童年、父母、青梅竹馬、死黨，來到五光十色的紐約，努力成為一個前途似錦的服裝設計師。但為了與青梅竹馬離婚，女主角回到了鄉下，卻深深被過往的一切所吸引，於是夾在熟悉的回憶與美好的未來中間，猶豫不決。男主角看著女主角，說出讓我深深感動的話語：「妳可以擁有根，然後同時擁有翅膀。」

……可以擁有根，然後同時擁有翅膀？

我的根紮在彰化土地裡，紮在一群老是離不開彰化的朋友，紮在我的家人，我的狗。這是每一個創作者的藝術天性。才華洋溢的外顯，儘管四處流浪，血液裡還是做著故鄉的夢。電影《橘郡男孩》（Orange County）裡，將作家的養分闡釋得幽默又精彩。

我的翅膀呢？究竟什麼是我的翅膀？

我想不是城市，不是任何一個城市，儘管某些城市對我衝向國際電影擁有不可思議的魅力與能量。我想翅膀是網路吧。透過網路，我得到許多的溫暖與歡笑，在眾多的祝福與焦切注視中，創作變成了極端幸福的書寫。但城市擁有網路無法取代的空氣。所以無法有解答。只能訴諸更根本的質素，努力。

是啊，就是這麼一回事，努力就是翅膀。飛不起來，就再多努力一點，長出更大的翅膀，在掌聲中等待更好的風。一向都是如此。

由小說《功夫》改編的電影合約一週前已經正式簽訂，希望在不久的將來能牽著媽媽的手，走進盛大首映的電影院，走進我們共同的驕傲裡。

燈光一暗，那個曾縮在媽媽肚子裡的孩子，登峰造極的人生開始。

媽，親一下。

再親一下。

然後再親一下。

The End

有你們真好

健康是無價的，失去了，才警覺它的重要。

二〇〇四年十一月二十二日，由陳永正家庭醫師手中轉診彰基血液腫瘤科王全正醫師，一連串的血液檢查、抽骨髓液，當日緊急辦妥住院，一床難求，多虧有藥劑部簡主任和郭副院長賢伉儷的幫忙，才能幸運地，在擁擠的四人健保病房住下來。當時只知自己生病了，一定要配合治療，心裡實在很慌亂，一切是那麼的突然，什麼準備都沒有，只知初住院，訪客特別多，為了讓孩子能較安心，我特別多話，想擺脫自己的不安。

檢驗後，醫師證實我罹患了急性骨髓性白血病（AML），也就是一般人口中的「血癌」。什麼晚發現可能只有三個月的生命而已，做化療成功的百分比是二十%，雖沒有什麼醫師或護理人員對我說這類的話，但據資料是這麼說的。當時應該說安慰自己發現得早，趕快治療，我是運氣好的那一個，『配合治療』是我的守則，也是陳永正醫師的衷心建議。正在準備博士論文的大兒子正好攻讀癌症腫瘤研究，他負責和醫師溝通合作，而我則是完全配合。

終於回家了，把PICC管拔除，正式結束化療，我的內心百感交集，現在最重要的是要和家人聚首，找回先生失去的笑容（半年來我住院一百一十二天，他幾乎哭一百天）和歌聲。希望每日努力地去公園散步運動，把體重補回來（化療最輕時三十六公斤），現已有四十一公斤。我多選用富含維他命B群食物、深色蔬菜、全穀類、三寶粥、鮮魚湯、山藥排骨、刺五加、冬蟲夏草以及菠菜水果（蘋果、香蕉、橘子、葡萄）。

這段日子，特別感謝好朋友、社區鄰居、扶輪社友夫人們的關心，特別是老二景騰（九把刀）書迷網友的多方面鼓勵愛心（卡片＋禮物、平安符、信件）。謝謝大家。希望這是老天爺給我開了一個天大的玩笑。

今年六月五日如願參加了老大的博士畢業典禮，六月十二日是九把刀的碩士畢業典禮，六月十七日則是老三的碩士畢業典禮。他們都能順利畢業取得學位是我的安慰，因為生病的日子辛苦了這三個孩子，更要感謝學校指導教授的貼心，讓孩子們陪我度過艱辛的癌症療程。

孩子們，辛苦了。

爸媽有了你們真好！謝謝。

刀媽

在我媽媽生病的這一年裡，許多網友讀者不吝補給我繼續戰鬥的勇氣。在這分疾病陪伴文學成書後，我請其中對我意義尤深的三位讀者、加上默契十足的前經紀人寫點東西，為這本書譜下親密作戰的記錄。小敏常常寫卡片給我媽媽打氣，osf毛毛小仙女在我失戀時每天蒐集一個網路笑話給我，小a常常為我舉手集氣。前經紀人的感想則寫了一拖拉庫，就不多說了。

謝謝你們的陪伴，你們都是我的生命。

mom,kiss

Peace0917小敏的序

九把刀，你真是個亂七八糟大膽的傢伙。
為什麼這麼說？因為他叫我們這些ＢＢＳ的鄉民寫推薦序ＸＤ。
為什麼請我們寫序？他說，因為我們對他好好。噗哧。
好一個我們對他好好。我能說什麼呢？只好敬你一杯，我們的故事之王。

刀大是個可愛又真實，然後恰恰好比我大一歲的人。
接觸刀大的作品才一年，老大讓我徹底改變對網路作家的印象。難以親近？這點在他身上或然率海零啊。
從官網、相簿，到ＢＢＳ，不管哪條線，老大都會或熱血或親切或臭屁的回應著每個讀者。透過了網路，老大與我們共同生活著。短短的幾個月，我的生命靠著一個視窗和鍵盤，豐富了好多好多。

成大演講及房客公演、殺手和銅人簽書會、貼文搶頭推、老大失戀大家忙著拉他一把、七夕與鄉民聯手籌備給老大的驚喜、生日賀文，莫名其妙出現在殺手歐陽盆栽中，還領了個便當……然後現在，寫序。

我只能說，每一段都是與老大共同經歷過的曾經，都讓我越來越喜歡G板。因為這裡有老大（啾～），還有一群可愛好相處的板眾可以參與與分享。

《媽，親一下》是本令我深深感動，念念不忘的真實故事。它也記錄了老大的生活，當初在連載時我也參與了其中一小角。我記得是因為看了《媽，親一下》太感動，然後寄了生平第一封打氣卡給刀媽，順便在裡面附贈了一張聽說刮出來會飆到二十五萬的彩券。

不騙你，這本書我等了一年。

不管你之前認不認識九把刀，這本，都是很好的門口。

我誠摯的邀請你，一同來認識會一直很健康的刀媽。

一同來感受最真實的九把刀。最真實的陪伴文學。

momkiss

闔上書時，也請不要忘記『媽，親一下』喔～啾！

本書獲頒民明書坊出版《十大好書之不推薦就不是人》最高榮耀

Osf毛毛小仙女的序

什麼鬼？要寫序！？

不會吧？我的分內工作不就是看看笑話，笑一笑完之後再寄給你笑一笑嗎？G先生你竟然不怕死的要國文爛到一個爆的我寫序。

好吧，剛聽到的時候，整個人是一個大開心，畢竟是自己崇拜的作家，竟然開口要我寫序，我感動到流鼻涕呢！

但是猛一回神就發現一切實在太不可思議了，我只是負責轉寄笑話的小妹啊！而且中文又很差，怎麼會輪到我寫序？這這這……這真的是太害羞了。（這什麼結論？）

不過看在刀先生的苦苦哀求外加眼淚閃亮攻勢之下，我只好勉為其難的下海了！（真的不是他隨便說說，我就馬上狂點頭興奮的答應。）

寫序是不是都要推薦一下作者或是這本書？可是，說實在的，我還真不知道要推薦什麼。從一開始的《語言》（恐懼炸彈）到《等一個人咖啡》一路看到《殺手》，每本都是讓我廢寢忘食，除了熱血的戰鬥場面，也有甜蜜的愛情畫面，更少不了血腥的變態場景，九把刀的文字是毒藥，開始了就戒不掉（話說我就是因為戒不掉，淪落到笑話小妹）。我只能說啊，如果你沒時間，那請你不要看九把刀的書，因為你一定會・上・癮。

總是聽到人家說女兒比較貼心，當然女孩子是細心點沒錯（不能否認，因為我是女的），但誰說兒子就不貼心呢？男孩也有男孩細心的一面。

在這本書裡沒有恐怖科幻或者愛情，有的・只有屬於那個熱血男孩的貼心。

atajdem（【天盟吉祥物】女警ata）的序

你好，在看書的人，我是ata，你一定不認識我，這是正常的。
不過你一定得認識九把刀。
這本書和以往的九把刀不一樣，寫的是真真切切的情感。
或許不該說是故事，而是記錄。
同時，它還是背負者許多人的期待與祝福的記錄。

在網路發表時，有多少人的心跟著這些字句起伏？有多少人為刀媽祈禱祝福？更別提紅了多少眼眶？原本不相識的許多人，為此而緊緊相依，一個人的房間裡也感受到了被擁抱的溫暖。

以上雖然是實話，但是很噁心，寫得我自己都有些害羞了。
不過就是這樣，才突顯出九把刀的亂七八糟。
如果你跟我一樣，有機會從網路上直接窺見九把刀，你一定不敢相信，那些熱血沸騰的故事是出自於他的手。

我必須說，九把刀是個奇怪的人，腦袋裡不知道裝了什麼鬼東西。也許更貼切的說法是，他根本是個任性的大孩子。

誰會在大半夜大喊隔天一定一定要吃到布丁，然後自己忘了，還跟自己生氣？誰會在追女孩子出糗的時候，還大方的傻笑著昭告天下？更何況，誰會找一個沒人認識的人來為這麼重要的書寫序？

九把刀，你真的是很亂來。

但是九把刀的亂來很可愛。

他的任性包括在簽書會時，簽到手快斷了還是堅持每個人都要簽到。

其他的作者我不清楚，但是九把刀，我可以擔保，每個讀者的支持，九把刀都會用兩百%的力量回應。

歡迎加入我們的世界。

從這本書開始，從這本書結束——小炘的序

去年七月認識九把刀，去年底正式接任為他的經紀人。我還記得第一次看完《打噴嚏》淚流滿面的感動，那時候覺得……九把刀一定很帥！一百八十公分的身高絕對跑不了，眼神銳利中帶點不可一世的威風……直到九把刀第一次踏進辦公室我們四目相交的瞬間，我承認我失戀了（無奈攤手）。

他不是九把刀他不是九把刀……

我心目中的英雄絕對不是眼前這個捲毛還靦腆抓頭的矮個。

老大害羞的拿出一本簽好名的《功夫》送我，那時候我強烈懷疑老大在把我（身為一個正妹，常常覺得旁邊的人對妳有好感也是很合乎邏輯的）。

「這本吼……真的。真的不錯看啦！真的……噗哧。」老大「謙虛的」一手挖著鼻孔向我推薦一邊笑得猖狂，彈開了手上黏呼呼的鼻屎，還來不及逃跑老大的手就已經用力的握住了我向我說道別。

看著老大的背影，我內心想著：「這作家的書還挺好看的，可惜是個神經病。」然後我去廁所用洗手乳痛快的洗了十三次手。

後來人事調動，我正式接手了經紀人這分工作。不能免俗的我和老大針對我們未來的戰鬥方針進行了幾次討論。很高興我面對的作家不但有才華，也對自己非常有信心。老大從沒隱藏過自己特立獨行的個性，也從來沒有管過別人是怎樣看待他，只是很用力的當九把刀，這讓我也被『九把刀』這個作家給深深吸引，願意為了他去做出許多連我自己都不知道我能辦到的事情。

「台北國際書展，妳可以幫我們主持一下嗎？」蓋亞編輯。

「我主持？」我瞪大眼。

「拜託。」

「好吧！」

第一次的主持完全是一場意外，我硬著頭皮答應了，但是不服輸的我也開始了第一個針對九把刀的企劃案。我開始在無名bbs爬文章，畢竟針對九把刀做的企劃就要先了解屬於九把刀的文化。第一個「簽書送乳拓」的計畫成形，我和老大都非常的興奮，很高興國際書展的時候，乳拓的創意上了蘋果日報。「左乳主義」這個專屬於九把刀的logo也正式開始實體運作。

我開始愛上這分工作，想要變化出更多屌到不行的企劃，每次和老大討論，有驚喜、也有覺得不適宜的，漸漸地，我開始忙碌起來，忙著讓自己的腦袋停不下來，我一心想要追趕上老大的速度，只是老大不愧是老大，不管我的版權賣得有多快、他始終以一種十分噁心病態的速度超前我。

老大：「我們來拼個紀錄！一個月一本書的紀錄，持續一年。」老大握緊了拳頭，弄得我也熱血沸騰。

「那我也要用力的賣版權，努力衝到業績一百萬！」我也發下豪語。

老大眼中的光彩總是奪目得讓人無法移開，即使只是跟隨在他的身後，還是覺得能和大家一起見識到很了不起的東西是種榮幸。

沒有人永遠拿著「鐵隻」在玩人生這場賭局，老大也不例外……老大母親住院的噩耗傳來，這讓孝順的老大陷入了難得的低潮，幾次通電話都能感受到他的疲憊，加上和毛毛狗的感情又要再次面對距離的考驗，那時候的老大應該很孤單吧！獨自握緊拳頭在為自己最重要的兩個女人戰鬥。

老大在我面前很少憂慮，或許是因為我才剛上任，不想給我太多的壓力。只是他孤單的背影騙不了人，有時候我們兩個人一前一後的走在台北的街頭，感覺上老大只是一具行屍走肉，雖然一到了戰鬥的時候，老大立刻可以滔滔雄辯，但是他並不開心。幾次看老大打電話回家詢問母親的狀況，幾次半夜上網偷看這本書的內容，深深覺得老大真的是很拼。我能做的真的比不上他成長的速度，只是就像老大說的：「人生就是不停的戰鬥。」身為戰友，既然老大沒有投降，我們能夠做的，就是全力以赴。

關關難過關關過，老大的母親度過了這個難關，曾經有一件事情可以摧毀九把刀、但是沒有成功……我想接下來應該沒有任何事情可以打倒老大了吧！我們一起度過了這個難關。非常榮幸這時候陪在老大身邊的經紀人是我，能夠見識到地上最強的小說家的進化，無價。

之後，我還是像個媽一樣，替老大排行程、陪老大去演講、辦簽書會、和廠商談合作……越來越忙碌的工作讓我停止思考很多事情，我一心只想著要陪老大一起變強變強再變強，無視身體的狀況、超時又超時的工作，我的腦袋裡除了作家經紀再也容不下其他的東西，因為這是我的工作和我最崇拜的作家，理所當然得很。

越來越上手的工作和越來越萎縮的自我，我的快樂建築在每一個企劃的成功、每一個合作案的簽約。好像很合理、其實這也有點病態。半夜、我常常失眠，擔心著當月的活動和合約能否順利，白天，我常常整天無法進食，緊張這禮拜排行榜的成績，我不知道哪裡出了問題，我的快樂好像不再那麼純粹，這是我的夢想嗎？我很認真的問自己。

終於，我想起來一個被我塵封很久很久的夢想……我想做我自己想做的事情。

「老大，如果我離開了，你會怎樣？」我問。

「我不會留妳，不是不想，是捨不得。」老大難得感性的說。

就這樣，我遞出了辭呈，雖然不捨，但是我很快樂。

離職前並不如我想像中的忙碌，謝謝主管對我的體恤，讓我有很多時間專心做收尾的工作。

「都要離職了，我拜託妳快去好好談個戀愛。」老大聽著我手邊踢踢踏踏的打字聲。

「我不要。」我任性的回答，一邊核對著殺手二和獵命師六的簽書會細項。

「吼……妳這樣很不健康的啦！」

「我本來就是工作狂。」我挖著鼻孔。

「中山大學一起去吧！」

「好。」我點頭。

作家經紀任內最後一場校園演講，讓我找到了生命的轉彎處。在《殺手，風華絕代的正義》的告別簽書會，我告別了單身。

「談戀愛感覺不錯吼。」這次輪到老大焦頭爛額的趕著HERE雜誌的連載。

「很不錯。」我心滿意足的摟著新男友。

「《媽，親一下》要出版了，幫我寫個序吧！」老大說。

「我寫序？很奇怪耶。」我皺眉。

「當作個紀念囉！」老大收線，繼續趕著小說。

我坐在電腦前整理這一年來的點點滴滴，老實說我無法提筆完整的寫下我的感覺。重新審視過去讓我哭得死去活來，把整本書的序搞得很悲情。

說不會捨不下這分牽絆是騙人的，畢竟這一年來我得到的真的很多，不管是書迷、合作夥伴（感謝春天及蓋亞出版社對我的包容和協助，沒有你們的幫忙，就不會有現在的我）、當然還有成就感，我很不捨，只是一直沉溺在過去的成就裡是不會有更好的成績的！我決定擦乾眼淚，去回想快樂的畫面，畢竟這是本happy ending的書。

這本書的紀錄開始時間大約是我剛接任作家經紀，成書於我卸任後一個月，謝謝老大送我這麼特別的離職紀念，或許我們不再是主雇關係（我想不到合適的形容，抱歉），但我們永遠是朋友！

2005.11.8於高雄中山大學
（剛好是我的28歲生日）

愛九把刀／09

媽，親一下

國家圖書館出版品預行編目資料

媽，親一下／九把刀. - 二版 - 臺北市：春天出版, 2007〔民96〕
面；　公分. --（愛九把刀；09）

ISBN 978-986-6675-00-3（平裝）

857.7

作者◎九把刀．作家經紀／活動洽詢◎群星瑞智藝能有限公司（02-55565900）．企劃主編◎莊宜勳．封面繪圖◎恩佐．封面設計◎聶永真．內文設計◎黃若軒N2Design Studio．發行人◎蘇彥誠．出版者◎春天出版國際文化有限公司．地址◎台北市信義路四段458號3樓．電話◎02-7718-0898．傳眞◎02-7718-2388．E－mail◎frank.spring@msa.hinet.net．網址◎http://www.bookspring.com.tw．部落格◎http://blog.pixnet.net/bookspring．郵政帳號◎19705538．戶名◎春天出版國際文化有限公司．法律顧問◎蕭顯忠律師事務所．出版日期◎二〇〇七年十二月初版一刷．◎二〇一三年十一月初版四十六刷．定價◎260元．總經銷◎楨德圖書事業有限公司．地址◎新北市新店區復興路45號3樓．電話◎02-2219-2839．傳眞◎02-8667-2510．印刷所◎鴻霖印刷傳媒股份有限公司

Printed in Taiwan　ISBN 978-986-6675-00-3

S P R I N G

每一本好書都是一顆種子，
春天播種在你的心田夢土上。

Spring

S P R I N G

每一本好書都是一顆種子，
春天播種在你的心田夢土上。

Spring